पीले परिधान वाली अद्भुत महिला

AF762197

मीना राम नारायण

Made with ♥ on the Notion Press Platform
www.notionpress.com

मेरी स्वर्गीय जीजी (माँ) सुमनकली

और

काका (पिताजी) सुरजमल को...

जिन्होंने कल्पनाओं को लेखनी से कागज पर उतारना सिखाया...

क्रम-सूची

पावती (स्वीकृति)

वागर्थाविव सम्पृक्तौ वागर्थ प्रतिपत्तये।
जगतः पितरौ वन्दे पार्वतीपरमेश्वरौ॥
- रघुवंशमहाकाव्यम् (कालिदास)

मैं वाणी और अर्थ की सिद्धि के निमित्त वाणी और अर्थ के समान मिले हुए जगत् के माता, पिता पार्वती और शिव को प्रणाम करता हूँ।

मेरे माता, पिता को नमन। मेरी हर सांस उनकी ऋणी है। मैं जिनकी अभिव्यक्ति और छाया मात्र हूँ। सच कहूँ तो पिताजी (काका) द्वारा समझाई गई बातों को अपने लेखन यह यह रूप दिया है।

जब इस उपन्यास को लिखना शुरु किया तब माँ की प्रेरणा ने बहुत बल दिया। उपन्यास तो पूरा हुआ पर माँ काया से स्मृति पुंज बन गई। इस उपन्यास के हर शब्द में उनकी स्मृति बसी हैं। माँ जाते जाते मुझे थोड़ा और बड़ा कर गई।

मेरी प्यारी दोस्त, जीवन की प्राण रेखा, मेरी जीवन संगिनी टीना मेरे लिए समझदारी की प्रतिमूर्ति हैं। आपकी सहायता के बिना लिख पाना संभव नहीं था।

मेरी बेटी अरिस्टीना (सिमसिम) और बेटा अरस्तू (हर्ष) जिन्होंने लिखते समय मुझे बहुत परेशान किया पर वास्तव में वह दोनों परेशान नहीं बल्कि मुझमें ऊर्जा का नया संचार करते थे। उनकी चंचलता से शब्द उद्भूत होते थे और सही अभिव्यक्ति दे पाते थे।

मेरी बड़ी बहन डॉ. मोनिका जी का सर्वाधिक योगदान इस लेखन कार्य में रहा है। लेखन के दौरान बहुत बार लेखन से दूरी हो जाती थी। परंतु आप मुझे डाँट कर, चेहरे पर गुस्से के भाव दिखा कर फिर से लिखने को मजबूर कर दिया करते थे। आपकी डांट ने माँ की डाँट जैसा असर किया। यह आपकी बुद्धिमतता का ही परिणाम है कि यह उपन्यास पूर्ण हो सका। आपने शब्द और अर्थ, दोनों ही स्तरों पर बहुत सुधार करवाए हैं। मेरा मन तो कहता है कि आपने प्रेरित करके ही यह लेखन कार्य पूर्ण करवाया है। वाक्य विन्यास और भावनात्मक अभिव्यक्ति में आपका

बहुत योगदान है। आपका आभार शब्दों से परे है।

मेरी दोस्त सुश्री अंशुल खरबन्दा का भी बहुत धन्यवाद। वैचारिक और भावनात्मक दोनों स्तरों पर आपका काफी योगदान रहा है। आपके प्रति मान-सम्मान हमेशा बना रहेगा। लेखन के दौरान जब कभी भी आपसे विचार विमर्श की जरूरत पड़ी, आपने हमेशा ही लेखन में सुधार करवाया है। इस उपन्यास के अनेक विचारों की मौलिकता का स्रोत आप ही रहे हैं। मैं कामना करता हूँ कि आपके चेहरे पर हमेशा मुस्कुराहट बनी रहे और खुशियों आपकी दोस्त बन जाएँ।

मेरी प्यारी दोस्त बागमीता कवर पृष्ठ पर सुशोभित हैं। आपका धन्यवाद से ज्यादा नमन। लिखते समय आपने अनेक स्तरों पर मुझे मार्गदर्शन दिया है।

मेरा दोस्त शिवनारायण, जो लेखन के दौरान मुझे अपने जीवन के वास्तविक अनुभवों को सांझा कर मानों मुझे लेखन की सही दिशा में प्रशस्त कर रहा था। शिवा आपको आभार।

मेरे प्रिय अशोक सर, जिनको 24x7 हर उलझन में मैं याद करता हूँ और एक हीरो की तरह हर समस्या का समाधान रखते हैं। आशा को वास्तविकता में बदलने का हुनर रखने वाले मेरे प्यारे दोस्त आपका मेरे जीवन में आना किसी वरदान से कम नहीं। इस उपन्यास की मूल प्रेरणा आप ही रहे हैं। आपका धन्यवाद।

इस प्रकृति की हर चीज, हर वह घटना जिसने मुझे थोड़ा बहुत भी सिखाया और प्रेरित किया, मैं अपने अंतर्मन से उनके प्रति सम्मान व्यक्त करता हूँ।

notion press प्रकाशन का भी बहुत धन्यवाद जिनके माध्यम से यह उपन्यास आप तक पहुँच पाया है।

सबसे अधिक आप पाठकों का कृतज्ञ हूँ जिन्होंने इस उपन्यास को पढ़कर मेरे लेखन को सार्थक किया है। इस उपन्यास के बारे में आपकी प्रतिक्रियाओं का इंतजार रहेगा।

आपका अपना

डॉ. राम नारायण मीना
meenajnu@gmail.com

1

पुलिस की गाड़ी के सायरन की आवाज़ से मैं लियो के शेफ़ और उसके पर्सनल अटेन्डेन्ट के साथ दौड़ कर घर से बाहर मुख्य दरवाजे की तरफ आया। दो अर्दलियों के साथ एक पुलिस अधिकारी गाड़ी से बाहर आया। उसके कंधों पर सितारे और सीने पर कुछ तमझे लगे थे।

"सर मैं जय किशन हूँ। लियोनाइडस मीराना का बिजनस पार्टनर।

'लेकिन पुलिस हेल्पलाइन पर तो किसी जैक्सन नाम के व्यक्ति ने सूचित किया था' पुलिस अधिकारी ऊंची आवाज में बोला।

सर...लिओ मुझे जैक्सन नाम से ही बुलाया करता था। मैंने ही पुलिस हेल्पलाइन पर लियो की गुमशुदगी के बारे में सूचित किया था। अलसभोर से ही लियो का कुछ अता-पता नहीं है। उसका मोबाईल भी बंद आ रहा है। हमने क्लब, गोल्फ कोर्स, बैडमिंटन अकादेमी, शहर से बाहर वाले उसके फार्म हाउस, जहां-कहीं भी वह जाया करता था, उन सब जगहों पर पता किया है परंतु वह कहीं पर भी नहीं है" आगे बढ़कर उनका अभिवादन कर हाँफते हुए मैं एक ही सांस में पूरी बात कह गया था।

पुलिस द्वारा हमारे बताए अनुसार लिओ की खोजबीन शुरु की गई। जब पुलिस को भी पूरी तरह यकीन हो गया की लिओ का कुछ पता नहीं चल पा रहा है, तो पुलिस ने स्टैट्मेंट बनाया और उसके गुमशुदा होने की एफआईआर दर्ज कर ली।

लियो के पर्सनल अटेंडेंट ने बताया था कि मध्य रात्रि तक उन्होंने सर को अपने कमरे में चहलकदमी करते खुद से बातें करते सुना था। सुबह सूर्योदय से पहले रोज की तरह जब उनका शेफ़ उनके लिए कॉफी

लाया तो देखा कि सर वहाँ नहीं थे। उनका कमरा, उनका बिस्तर वैसे ही सुव्यवस्थित था जैसा वह स्वयं सुव्यवस्थित करते थे। दरवाजों और खिड़कियों के पर्दे खुले हुए थे। स्टडी लैंप जल रहा था। पास ही रखी बंद डायरी के बीच खुला पेन रखा था। दवाईयाँ उसी तरह रखी हुई थी जैसे रात में पर्सनल अटेंडेंट ने साइड टेबल पर रखी थी। मानों उनको किसी ने छुआ तक नहीं हो।

लियो कुछ दिन पहले ही डॉक्टर के पास सामान्य जांच के लिए गया था। तब डॉक्टर ने बताया था कि अतिव्यस्त और भागमभाग भरी दिनचर्या ने उन्हें दो उपहार सौंपे हैं- हाई बीपी और डाइबीटीज। पैंतीस साल की उम्र में रोगों की शुरुआत तो हो ही गई थी। अगर वह अपनी जीवनशैली में आवश्यक बदलाव नहीं लाएगा तो, ये दोनों दोस्त शायद जीवन भर उसके साथ रहेंगे।

प्रकृति जब आपको खूबसूरत तोहफ़ों से नवाज़ती है, तो आप से कुछ छीन भी सकती है। प्रकृति के सभी कार्यों के पीछे एक ही उद्देश्य छिपा होता है- संतुलन बनाये रखना। लियो के साथ इस संतुलन का भी शायद कोई आधार होगा। जीवन में बिना कारण कुछ भी नहीं होता।

पूरी तहक़ीक़ात और छानबीन के बाद पुलिस ने उन लोगों की सूची बनाई जिन पर संदेह हो सकता था। इस सूची में मैं भी शामिल था। इस कारण मेरा पासपोर्ट जब्त कर लिया गया। स्थिति यह थी कि पुलिस की अनुमति के बिना मैं लंदन शहर के बाहर भी नहीं जा सकता था।

विडंबना ही है कि लियो का सर्वाधिक विश्वसनीय दोस्त उसे हानि पहुंचाने वाले संदिग्ध लोगों की सूची में सबसे ऊपर था। समय ही कुछ ऐसा था। निकट के परिवार के लोगों पर भी भरोसा नहीं था।

मैं जितना लियो को तलाश कर सकता था...किया। परंतु नतीजा वही ढाक के तीन पात। तलाश कैसे नहीं करता, भाई जैसा क्या, मेरा...भाई ही था। जब मैं 'लंदन स्कूल ऑफ इकोनॉमिक्स (एलएसई)' में पढ़ने आया था तो यहाँ परदेश में हर सुख-दुःख का साथी लिओ ही तो था। किसी पेपर में ग्रेड कम आते तो वह मेरी उदासी को देखकर ही समझ जाता था। मुझे समझा बुझाकर खाना खिलाया करता था। तब इस तरह की बातें करता था कि मैं फिर से उसी उत्साह से अपनी पढ़ाई में लग जाता था।

लिओ मुझे बहुत स्नेह से रखता था।

लियो...मेरे प्यारे दोस्त...आज तुम मुझे अकेला छोड़ कहाँ चले गए...क्यों चले गए? कैसे जी पाऊँगा मैं... तुम्हारे बिना? अब तो जीवन मानो रुक सा गया है और मैं निष्प्राण सा...। तुम्हारा इस तरह बिना कुछ बताये चले जाना...मन अब भी नहीं मान रहा है कि तुम मेरे पास नहीं हो। आज भी एक झूठी आस लिए उम्मीद लगाए बैठा हूँ मैं।

लियो का अचानक गायब हो जाना मेरे जीवन में एक त्रासदी से कम नहीं था। वह देश के अरबपतियों में शुमार था। मैं ही क्या, यहाँ की सरकार और पुलिस प्रशासन का हाई अलर्ट हो जाना स्वाभाविक है।

मीडिया के लिए तो यह चटपटी खबर थी। हर गली-नुक्कड़ की गॉसिप का रोचक बिन्दु। छोटी से लेकर बड़ी पत्रिकाओं तक की यह काफी दिनों तक छाई रहने वाली मसालेदार सामग्री थी।

छानबीन के दौरान लिओ के वकील ने पुलिस को लियो का वसीयतनामा दिखाया। पहले तो पुलिस ने उसकी सत्यता पर भी संदेह किया। पुलिस ने एक बार तो उसे भी किसी षड्यन्त्र का हिस्सा समझा। परन्तु जांच में पता लगा की वसीयतनामा कानूनी रूप से बिल्कुल ठीक है। वसीयतनामा लिओ ने स्वयं ही बनवाया था।

वसीयतनामा के अनुसार लियो की कंपनी के सारे शेयर जैक्सन यानि मेरे नाम कर दिए जाएँ। आगे लिखा था कि जैक्सन कुल शेयर के दस प्रतिशत एक निश्चित समय सीमा में कंपनी के सभी कर्मचारियों में बराबर बाँट देगा।

जैक्सन कंपनी के लाभांश के दस प्रतिशत को न तो कंपनी के हित में ही काम में लेगा और न ही अपने स्वयं के हित में। इस लाभांश से एक अंतर्राष्ट्रीय फेलोशिप शुरू की जाए। इससे प्रतिवर्ष के प्रदर्शन के आधार पर उस वर्ष के विश्व के पाँच सर्वोत्कृष्ट विश्वविद्यालयों में तीसरी दुनिया के देशों से आने वाले विद्यार्थियों का चयन किया जाए। उनकी फीस और अन्य सारे खर्चों का भुगतान इस फेलोशिप से किया जाये।

जैक्सन एक ट्रस्ट की स्थापना करेगा। जिसका ट्रस्टी जैक्सन ही रहेगा। इस ट्रस्ट के माध्यम से यह प्रचार प्रसार किया जाये जिससे लोगों

में यह जागरूकता पैदा हो सके की उनकी उन्नति का वास्तविक मानक घर-परिवार और उनकी अपनी खुशी का स्तर है, न की भौतिक चीजों के लिए कभी न खत्म होने वाली अंधी दौड़।

लियो ने वसीयत में यह भी लिखा था कि यह सब वह अपनी स्वयं की इच्छा से कर रहा है। पुलिस प्रशासन द्वारा किसी को भी अन्यथा परेशान न किया जाए।

सरकार और प्रशासन ने हालांकि उसे ढूँढने की पुरजोर कोशिश की थी पर उसका कहीं कुछ पता नहीं चला। एक निश्चित समय पश्चात पुलिस ने उसे कानूनन मृत घोषित कर दिया और उसके वसीयतनामा के आधार पर उसके गुमशुदगी के मामले की फ़ाइल बंद कर दी गई।

मैं अपने आपको कभी समझा नहीं पाया। कोई व्यक्ति अपनी पूरी संपत्ति लूटा कर कहाँ चला गया होगा। लियो जैसा बुद्धिमान और एक शानदार व्यक्तित्त्व का धनी आत्महत्या तो कर ही नहीं सकता है। उसकी किसी से दुश्मनी भी तो नहीं थी। फिर कोई उसे क्यों हानि पहुंचाएगा? कहाँ होगा लियो? कैसे होगा? ठीक तो होगा न? इतने सारे सवाल मुझे किसी निष्कर्ष पर नहीं पहुंचा पाए थे।

***

2

लियो, मेरा दोस्त...दोस्ती से बढ़कर भी अगर कोई रिश्ता कहूँ तो मानों गुरु था मेरा। आज सितंबर का आखिरी रविवार है। ठीक इसी दिन लियो को मुझसे पिछड़े पूरे आठ साल हो गये हैं। परंतु पल भर भी ऐसा नहीं गुजरा जब वह यादों से ओझल हो जाए। भले ही आज वह मेरे साथ नहीं है परंतु हर काम में उसका नजरिया याद आता है। मानव कोई भौतिक शरीर मात्र ही नहीं होता है। इस काया रूप में उसका अपना व्यक्तित्त्व भी होता है। प्रेम और सम्मान हमेशा व्यक्तित्त्व के प्रति ही पैदा होते हैं।

शायद मेरी ही गलती थी। मुझे उस समय लियो से बात करनी चाहिए थी जब मैंने उसमें अनेक छोटे-छोटे बदलाव देखे थे। कभी वह पहले से ज्यादा खुश रहता था, तो कभी बहुत ही उदास। उसकी दिनचर्या भले ही बहुत ही अस्त-व्यस्त थी परंतु जब वह खुश रहता था तो उसके चेहरे पर ऐसे रौनक रहती थी मानों उसको जीवन का रहस्य समझ आ गया हो।

हमारी कंपनी में एक गबन का मामला पकड़ में आया। इसकी वजह से हमारे कुछ क्लायंट हमारी कंपनी छोड़कर दूसरे प्रतिदवंधियों के पास जा रहे थे। इस बात ने कंपनी की साख को भी नुकसान पहुंचाया था। इतना कुछ होने पर भी लिओ के चेहरे पर मैंने कोई शिकन नहीं देखी थी। पहले कंपनी के फायदे में लेशमात्र की कमी होने पर भी वह सभी सहकर्मियों की नींद उड़ा दिया करता था। वारेन बफेट के दो नियम लियो के आदर्श मंत्र थे। नियम नंबर एक- कभी पैसा मत गंवाइये और नियम नंबर दो- कभी नियम नंबर एक मत भूलिये।

इन सिद्धांतों को ब्रह्मवाक्य मानने वाला लिओ कैसे अपनी कंपनी के नुकसान को नजरअंदाज कर सकता है?

अब वह पहले जैसा अनुशासित नहीं रहा था। कुछ दिनों से उसका ऑफिस आने का कोई निश्चित समय नहीं रहा था। पहले तो उसके ऑफिस में कदम रखने के क्षण से हम घड़ी मिलाया करते थे। पर अब जैसे कुछ सही नहीं लग रहा था।

लियो पहले ऐसा नहीं था। वह हमेशा बहुत बार कहा करता था कि अनुशासन, कर्मठता और नवाचारों से ही हम आगे बढ़ सकते हैं। इनके बिना कंपनी के निर्धारित वार्षिक लक्ष्यों तक पहुँचना संभव नहीं है।

उसका मानना था कि विफलता में हम दूसरों की शर्तों पर जीने लगते हैं। शर्तें हमें परतंत्र बनाती है। हमें अपने को अनुशासित कर नए विचारों के साथ सफल होने की कोशिश करनी चाहिए। इस तरह अनुशासन से ही हम वास्तविक स्वतंत्रता को पा सकते हैं। यदि हम अनुशासित नहीं रहेंगे तो अन्य लोग हमको नियंत्रित करने लगेंगे और हमारी स्वतंत्रता पर धावा बोल देंगे। हमें पता होना चाहिए की स्वतन्त्रता ही हमारी आत्मा का वास्तविक श्रृंगार है। अब लिओ खुद उस श्रृंगार से दूरी बनाने लगा था।

मुझे ऐसा क्यों लग रहा था कि उसकी सोच, उसकी अपनी बातें मानों समय की गली में पीछे मुड़ गई थी। जब हम एलएसई में पढ़ते थे तब भी वह कभी-कभी इसी तरह की बातें किया करता था।

मेरी उससे पहली मुलाकात एलएसई के पुस्तकालय की घुमावदार सीढियों में हुई थी। वह हाथ में पुस्तक के पन्ने पलटते हुए तेज कदमों से नीचे उतर रहा था और मुझसे टकरा गया था। छः फीट के आसपास की लंबाई, घुँघराले भूरे बाल उसकी सफेद शर्ट की कॉलर तक लहरा रहे थे। शर्ट की दोनों बाहों को वह कोहनी तक उलट रखा था। उसकी आंखे...बड़ी बड़ी थी। नीले आसमानी जींस में वह किसी फिल्मी हीरो से कम नहीं लग रहा था।

मैं जब पुस्तक उठा कर सॉरी बोलते हुए उसे देने लगा था तो हल्की मुस्कुराहट के साथ उसने कहा था- 'दिस इज नोट योर फॉल्ट। आई डीड नोट नोटिस माइसेल्फ। आई वाज इंगेज्ड इन टरनिंग पेजेज ऑफ दी

बुक। आई एम सॉरी।

इट्स ओके ' मैंने कहा।

उसके इतने सलीके से बात करने से मैं इम्प्रेस था। मैं उससे कुछ पूंछने ही वाला था कि वह आगे बढ़ गया। पर पीछे मुड़कर उसने कहा कि 'आर यू वॉन्ट टू से समथिंग?

शायद वह मेरे चेहरे के हावभाव से समझ गया था।

'यस, माई नेम इज जयकिशन। एक्चयूअली आई एम न्यू इन एलएसई। आई एनरोल्ड फॉर मास्टर्स इन ईकोनोमिक्स। कैन यू हेल्प मी टू फाइन्ड आउट ईकोनोमिक्स बुक्स इन लाइब्रेरी' मैंने कहा।

'यस, स्योर' कहता हुआ वह मुझे लाइब्रेरी में ईकोनोमिक्स बुक्स वाले सेक्शन में ले गया।

'आर यू स्टूडेंट ओर एम्पलोई हेयर?' मैंने उससे पूँछा।

माई नेम इज लिओनाइडस मिराना। 'आई एम अ रिसर्च स्कॉलर विद द सेम सब्जेक्ट, ईकोनोमिक्स' उसने कहा।

'ओहो, दैट्स नाइस। आई होप यू विल कंटीन्यू टू गाइड मी' मैंने कहा।

'या... स्योर' एन्ड...इफ यू डॉन्ट माइन्ड, कैन आई से समथिंग टू यू' उसने कहा।

'यस...यस प्लीज' मैंने कहा।

'इफ यू कीप प्रजेन्टिंग योवरसेल्फ़ बाय सेयींग सॉरी टू पीपुल विदआउट योर फॉल्ट, देन वन डे पीपुल विल स्टार्ट एक्सपेक्टिंग सॉरी फ्रॉम यू, इवन विदआउट योवर मिस्टैक। इफ यू डॉन्ट रेसपेक्ट योरसेल्फ़ इन दिस क्रूअल वर्ल्ड, देन वन डे यू विल फ़ील योवरसेल्फ़ फालेन इन योअर ओवन आइज[1]' उसने बड़े ही गंभीरता से मुझे कहा।

'यस...थैंक्स फॉर योर गाइडेंस' मैंने कहा।

पहली ही मुलाकात में किसी अजनबी के मुंह से यह सुनना अजीब सा तो लगा था पर उसकी बात से मैं प्रभावित जरूर था।

'नाऊ आई हैव टू गो टू मीट माई पीएचडी गाइड। विल मीट अगैन...बाय' कहता हुआ वह तेज कदमों से आगे बढ़ गया था।

उसके हाथ में जो पुस्तक थी वह प्रसिद्ध लेखक रोनाल्ड बार्थज की उस समय की चर्चित पुस्तक 'ए लवर्स डिस्कोर्स : फ्रेगमेंट्स' थी।

कुछ दिन बाद वह मुझे लाइब्रेरी के बाहर वाली कैंटीन में दिखाई दिया। मैं जल्दी से उसके पास गया।

'डू यू रेकॉगनाइज मी?' आई मेट यू इन लाइब्रेरी...'

'यस यस...आई रिमबेम्बर' मेरी बात खत्म होने से पहले ही उसने कहा।

टुडे ऑल्सो यू आर रीडिंग सेम बुक। आई ऑल्सो रेड दिस बुक, दिस इज वेरी नाइस बुक।

'वॉट इज नाइस इन दिस बुक?' चेहरे पर अनजाने भाव लिये मुझे देखते हुए उसने कहा।

'इट सेज दैट लव कैन ब्लासम इन-टू ए डीप एंड लास्टींग सेटिस्फैक्सन व्हेन इट इज प्रोपर्ली केयर्ड फॉर। इट कैन बिकम ए सोर्स ऑफ एनर्जी एंड इन्सप्रेसन। बट इफ लव इज मिसट्रीटेड, लव कैन बिकम दि सोर्स ऑफ इंटेन्स साइकोलॉजीकल पेन, डेथ, ऑर वाउन्ड सो डीप दैट कैन बी पर्मानेंट डिफॉर्मड़। इट ऑल्सो सेज दैट लव एट फर्स्ट साइट इज ओन्ली हाइपनोसिस एंड देयर इज ए डिफरेंस बितवीन रियल लव एंड हाइपनोसिस[2]' मैंने कहा।

'इन एलएसई, पीपुल डू नॉट कम टू एक्स्प्लैन लव बट कम इन सर्च ऑफ नॉलेज टू फुलफिल देयर ड्रीम्स[3]' उसने मुझसे कहा।

'बट यू टू हैव गॉट दिस बुक इस्सुड़ फ्रॉम दि लाइब्रेरी, आर यू जस्ट टरनिंग दि पेजेज?[4]' मेरे ऐसा कहने पर वह मुस्कुरा दिया था।

लिओ रिसर्च स्कॉलर था और मैं मास्टर्स का स्टूडेंट। हम दोनों के हॉस्टल भी अलग-अलग थे। लेकिन हम दोनों में गहरी मित्रता हो गई थी।

इस तरह हम रोज कहीं न कहीं मिल जाते और अलग-अलग मुद्दों पर चर्चा करते रहते थे।

लियो काफी प्रतिभाशाली व्यक्तित्त्व का धनी था और तर्क के मामले काफी तेज भी। सेमिनार में किसी बात का औचित्य सिद्ध करने के लिए जब आत्मविश्वासी लहजे में तर्क देता था तो सब उसकी तरफ टकटकी

लगाये सुनते रहते थे।

लिओ का मानना था कि समाज का विकास कितना भ्रमपूर्ण है। आज से पाँच हजार साल पूर्व भी हमारा संघर्ष रोटी, कपड़ा और मकान के लिए था और आज भी वहीं है। विकास देशों की भौगोलिक सीमाओं के अंदर राजनैतिक चोले में भिन्न-भिन्न भले ही दिखे, पर संघर्ष का केन्द्रीय बिन्दु सब जगह एक ही है।

कभी हम बात करते की नॉर्थ कोरिया के परमाणु परीक्षण के बाद संयुक्त राज्य अमेरिका की क्या प्रतिक्रिया रहेगी और अंतर्राष्ट्रीय राजनैतिक गलियारों में अलग-अलग देश क्या नए निर्णय लेंगे।

यह भी की दुनिया के अलग-अलग जगहों पर होने वाले रेप, प्रताड़ना, हत्या, चोरी, यहाँ तक की घरेलू झगड़ों के मामलों को कैसे कुछ बुद्धिजीवी आंकड़ों में तब्दील कर अपने नए शोध से प्रसिद्धि पा लेते हैं।

यह की दुनिया में होने वाली छोटी-बड़ी बातों से दुनिया भर के शेयर बाजारों में उछल आएगा या गिरावट। शेयर बाजार के बारे में हमारा अनुमान काफी कुछ सही निकलता था।

इस तरह के विचार-विमर्श और पढ़ाई के साथ प्रसन्नता से समय गुजर रहा था।

हमारा यह आखिरी सेमेस्टर भी कब खत्म हो गया पता ही नहीं चला। सुख में समय गुजरने का अहसास कहाँ हो पाता है? दुःख में एक दिन भी पहाड़ सा बड़ा लगता है।

यह मेरी मास्टर्स के पेपर की अंतिम परीक्षा थी। परीक्षा हॉल से निकलते ही मैं सीधे लियो से मिलने उसके हॉस्टल गया।

'हॉस्टल वार्डन मिस्टर मैक्स पीटरसन ने बताया कि लियो आज सुबह ही सामान बांध कर हॉस्टल खाली करके जा चुका है' यह कहते हुए उसने मेरी तरफ एक लैटर बढ़ा दिया।

'उसने कहा... शायद तुम ही जैक्सन हो। लिओ ठीक ही कह रहा था कि जैक्सन उससे मिलने हॉस्टल जरुर आएगा' मिस्टर पीटरसन ने कहा।

मैंने पीटरसन से लियो के घर का पता माँगा तो उसने यूनिवर्सिटी प्राइवेसी नॉर्म्स का हवाला देते हुए मना कर दिया।

हम इतने दिन साथ रहे, साथ घूमे, पढे, गप्पे लड़ाईं, बहसें की। कहीं एहसास भी नहीं हुआ कि लिओ ऐसा कर सकता है। लियो का मुझे बिना मिले चले जाना लगा... जैसे मेरे साथ छल हुआ है, मेरे स्वाभिमान को ठेस पहुंचा रहा था। मैं अपमानित सा महसूस कर रहा था। बहुत बुरा लगता है जब कोई इतना करीबी आपके अस्तित्व को नकार देता है। अपनों द्वारा दरकिनार कर दिया जाना असहनीय होता है। किसी के अंतर्मन में स्नेह और विश्वास की जोत जला कर उसे बीच राह में छोड़ देना उसके उसकी हत्या करने जैसा ही है...हत्या ही है।

कई दिनों तक मैं सोचता रहा और रह-रह कर मुझे लिओ पर गुस्सा आ रहा था। पर उसकी फिक्र उससे भी ज्यादा हो रही थी। होती भी क्यों नहीं? सात साल...हो गए लिओ को गए हुए। पता नहीं कहाँ होगा लिओ?

मैं लियो के जाने से बहुत पछतावे में जी रहा था। अगर समय पर मैंने ध्यान दिया होता तो शायद आज लियो मुझे छोड़कर नहीं जाता। यह रविवार का दिन था। लियो ने मुझे क्लब से कॉल किया था। उसने मुझे साथ में ड्रिंक का प्रस्ताव दिया था। उसकी आवाज में उदासी थी उस दिन।

'जरूर दोस्त, मैं अभी आता हूँ' मैंने कहा।

उस दिन लियो ने एलएसई के समय की हमारी पसंदीदा बियर का ऑर्डर दिया था।

'क्या बात है लिओ, आज तुम्हारे चेहरे पर इतनी उदासी क्यों है?' मैंने कहा।

'हाँ जैक्सन, बात ही कुछ ऐसी है' उसने कहा।

'क्या बात है लिओ? अभी तो अपनी कंपनी पहले से अधिक मुनाफे में चल रही है। जिन सपनों की तुम बात किया करते थे वो सभी सपने तुम पूरे कर चुके हो। तुम कहते थे कि लंदन के सबसे पॉश इलाखे में सबसे महंगा घर तुम्हारा हो, वह आज तुम्हारा ही है। शहर के सबसे बड़े चौराहे की रेड लाइट पर सबसे महंगी गाड़ी जिसकी रूकती है, वह तुम ही हो लिओ। यह तुम्हारे हाथ में सोने की सुई और डाइमंड से अंकित अक्षर

वाली घड़ी, इतने सारे नौकर चाकर...अरबों का बैंक बैलन्स...फिर किस बात की चिंता है तुम्हें?' मैंने कहा।

'जैक्सन मुझे इसी अमीरी के जीवन से ही तो वियोग सा हो गया है, मुझे अब यह सब अच्छा नहीं लगता है। क्या हो गया है मुझे?' उसने कहा।

'वियोग हो गया है से क्या मतलब है तुम्हारा? मैंने पूँछा।

'मुझे जीवन में सूनापन लगता है जैक्सन' उसने दबी आवाज में कहा।

'पर लिओ, यहीं सब तो तुम्हारे सपने थे। किसी को अपने सपनों के पूरा होने पर खुशी होती है। एक तुम हो जो वियोग, सूनापन, ना जाने क्या सोच रहे हो' मैंने ऊंची आवाज में कहा।

'जैक्सन...मैं जीवन में रस नहीं ढूंढ पा रहा हूँ। लगता है जैसे यह सब मेरे सपने नहीं थे' उसने कहा।

लिओ रात के ग्यारह बज गए हैं। अभी घर चलते हैं। और तुम इस तरह की फालतू बातें सोचना बंद करो' मैं उसे समझा रहा था।

आज मुझे बहुत पछतावा है। उस दिन लियो की बातों को नजरंदाज नहीं करना चाहिए था। मुझे उसके मन में चल रही उथल-पुथल को समझना चाहिए था। लानत है मुझ पर जो दोस्त को समझ न सका। उसका दुःख, उसकी चिंता कम न कर सका। उसमें जीवन के प्रति चाहत पैदा न कर सका।

[1] बिना गलती के लोगों से ऐसे ही सॉरी बोलते हुए खुद को प्रस्तुत करते रहोगे तो एक दिन लोग बिना गलती के भी आपसे सॉरी की आशा करने लग जाएंगे। इस बेरहम दुनिया में अपनी इज्जत तुम खुद नहीं करोगे तो एक दिन अपनी ही नजरों में खुद को गिरा हुआ महसूस करोगे'। ऐसा उपदेश देते हुए वह उसी पल आगे बढ़ गया था।

[2] यह कहता है कि जब प्यार की ठीक से देखभाल की जाए तो प्यार एक गहरी और स्थायी संतुष्टि में खिल सकता है। यह ऊर्जा और प्रेरणा का स्रोत बन सकता है। लेकिन अगर प्यार के साथ गलत व्यवहार किया जाता है, तो प्यार तीव्र मनोवैज्ञानिक दर्द, मृत्यु या इतने गहरे घाव का स्रोत बन सकता है कि इसे स्थायी रूप से विकृत किया जा सकता

है। यह भी कहता है कि पहली नजर का प्यार केवल सम्मोहन है और असली प्यार और सम्मोहन में अंतर होता है।

[3] 'एलएसई में लोग प्यार को समझने नहीं आते बल्कि सपनों को पूरा करने के लिए ज्ञान की तलाश में आते हैं'

[4] लेकिन आपने भी यह किताब लाइब्रेरी से निकलवाई है, क्या आप सिर्फ पन्ने पलट रहे हैं?'

3

यह रविवार की सुबह थी। मैं गार्डन में पौधों को पानी दे रहा था। पौधों में पानी डालते समय फूल इस तरह हिलते हैं मानों मुस्कुरा कर बात कर रहे हों। पत्ते तो ऐसे हिलते हैं जैसे उड़ते हंस के पंख। ओ! कितना अच्छा लगता है इनसे बात करना।

लियो सही ही कहता था कि सप्ताह के एक दिन अपने सारे नौकरों को छुट्टी दे देनी चाहिए। उस दिन घर का सारा काम खुद सँभालना चाहिए। शुरू में थोड़ा असहज लगेगा, परंतु धीरे-धीरे यह आपके शारीरिक और मानसिक स्वास्थ्य में सुधार लाता है। स्वयं से स्वयं का काम करने पर अपार शांति का अहसास होता है।

पौधों को पानी देने के बाद जब मैं रीडिंग रूम की अलमारियों की सफाई कर रहा था तो मुझे लियो का वह लेटर मिला जिसे लियो ने 'एलएसई' में सेमेस्टर खत्म होने पर हॉस्टल वार्डन मिस्टर पीटरसन को दिया था। लियो की यादों में खोया मैं उस पत्र को पढने लग गया था।

प्रिय मित्र जैक्सन,

नमस्कार!

तुम मुझे कोस रहे होंगे कि मैं तुमसे बिना मिले, कभी न मिलने वाले दोस्त की तरह चला गया।

तुम तो जानते हो मैं तुम्हे बहुत स्नेह करता हूँ। तुम मेरे भाई जैसे हो। तुमने मुझे अपार सम्मान और एक छोटे भाई का प्यार दिया है। तुम ही तो हो जिससे मैंने 'एलएसई' में सबसे ज्यादा बातें शेयर की हैं। तुम हमेशा मेरे मन के करीब रहोगे।

मेरे बिना बताए चले जाने से तुम दुःखी होंगे। तुम्हारा दुःखी होना उचित भी है। सच मानों तो मैं भी बहुत दुःखी हूँ कि तुमसे बिना मिले चला जा रहा हूँ। दोस्त तुम ज्यादा सोच कर दुःखी मत होना। दोनों में अगर मिलने की चाह है तो फिर से मिलन होकर ही रहेगा। यहीं प्रकृति का नियम है।

तुम्हें अपने पर विश्वास रखना होगा दोस्त। प्रकृति की शक्तियों का सम्मान करना होगा और उन पर भरोसा करना होगा। जब तुम प्रकृति पर भरोसा करने लगोगे तो तुम यह अवश्य मान लोगे की मेरा तुम्हें बिना बताये छोड़कर चले जाना प्रकृति की ही एक चाल थी। प्रकृति की चालें उसकी योजनाएँ होती हैं। ये हमें सकारात्मक उद्‌देश्यों की तरफ ले जाती हैं। तुम्हें अपने साथ घटित हो रही किसी भी घटना के लिए प्रकृति को दोष देना बंद करना होगा।

यह भी हो सकता है कि शायद हम एक-दूसरे से कभी नहीं मिल पायें। शायद हम जरूर मिलेंगे। शायद मिलकर भी एक दूसरे को पहचान नहीं पायें या फिर घंटों एक-दूसरे को गले लगाएं।

आज भले ही हम दोनों दूर हो रहें हो परंतु दोस्त मैं चाहता हूँ कि जिस सपने को पूरा करने तुम एलएसई आए थे, उसे तुम पूरा करो।

तुमने मुझे एक बार कृष्ण और सुदामा की कहानी सुनाई थी। जिसमें वो दोनों दोस्त बहुत दिन बाद मिलते हैं। दोस्त कहानी का भले ही संदर्भ अलग था पर मैं कभी नहीं चाहूँगा की प्रकृति हमारी मुलाकात उस रूप में करवाए। जब भी हम मिलें तो मैं आशा करता हूँ की हम या तो दोनों सुदामा ही रहें या फिर दोनों कृष्ण ही। लेकिन अगर तुम्हें अपने आप पर विश्वास है और संघर्ष करने का जज्बा है, तो निश्चित ही हम दोनों कृष्ण रूप में मिलेंगे।

दोस्त तुमने मुझे एक कहानी और सुनाई थी- वानरों के राजा बाली की। याद है ना जैक्सन? उसे हमने 'बाली थ्योरी' का नाम दिया था और इस थ्योरी से हमने 'लंदन स्कूल ऑफ इकोनॉमिक्स' में कितनी मुश्किलों को आसानी से पार पा लिया था। तुम्हें तुम्हारी इसी कहानी को अपने आत्मविश्वास को बढ़ाने और समस्याओं को दबाने में सहायक बनाना है। तुमने ही तो बताया था ना कि बाली अपने दुश्मन की आधी

शक्तियां अपने में समेट लिया करता था और फिर मैंने जब तुम्हारी इस बात पर विश्वास नहीं किया था तो तुमने मुझे समझाया था की बाली दुश्मन की शक्तियां लेता नहीं था बल्कि अपने अपूर आत्मविश्वास से दुश्मन को भयभीत कर उसके आत्मबल और आत्मविश्वास को छिन्न-भिन्न कर दिया करता था।

दोस्त अगर तुम्हारी यह बात सच है जिसे की मैं सच मान बैठ हूँ, तो अपनी समस्याओं पर विजय पाने में तुम्हें भी इस थ्योरी को हमेशा याद रखना होगा। हमें भी बाली की तरह अपने आत्मविश्वास को इतना मजबूत बना लेना चाहिए की समस्याएं हमारे सामने टीके ही नहीं।

यह कभी भी नहीं सोचना की तुमने मुझसे ही बहुत कुछ सीखा है बल्कि तुमने मुझे जो भारतीय ज्ञान की बातें सिखाई हैं, वह सब इस पश्चिमी दुनिया के लिए अनोखी बातें है। तुमने एक महान संस्कृति से मेरा परिचय करवाया है। तुम्हारे उस देश की संस्कृति ने ही मुझे सिखाया है कि बड़ों का सम्मान कैसे किया जाता है। तुमने मुझे अनुशासन समझाया है। कैसे एक भारतीय दम्पति जीवन भर एक-दूसरे के साथ रहते हैं। यह अनुशासन, विश्वास और एक-दूसरे के सम्मान की पराकाष्ठा का एक अति उत्तम उदाहरण है। जिस तरह पूरा जीवन अपने बच्चों को पालने और उन्हें आगे बढ़ाने में लगाते हैं, यह जिम्मेदारी का सबसे अच्छा उदाहरण है।

हमने एक दूसरे से बहुत कुछ सीखा है। तुमने मुझे 'एलएसई' के इन दो वर्षों में संस्कृत और हिंदी भाषा सिखाई है और तुम्हारे कहने से ही मैंने तीसरे सेमेस्टर में भारतीय संस्कृति का एक विषय भी लिया था। तुमसे चर्चा का ही नतीजा था कि उसमें मैंने श्रेष्ठ अंक पाए थे। हालांकि यादों की कोई भाषा नहीं होती पर यकीन मानों अगर होती तो मैं तुम्हें संस्कृत और हिन्दी भाषा में ही याद करता।

आशा है तुम मुझे और 'एलएसई' को कभी निराश नहीं करोगे।

तुम्हारा अपना...लियो।

4

वह ऑफिस का सामान्य दिन था। मैं समाचारों और सूचनाओं से शेयर बाजार का विश्लेषण कर रहा था। केन्द्रीय बैंक ने ब्याज दरें बढ़ा दी हैं। मुद्रास्फीति दर पहले से ऊंचाई पर है। उद्योग क्षेत्र का प्रदर्शन भी उत्साहजनक नहीं रहा है। अंतर्राष्ट्रीय स्तर पर भी आर्थिक जगत की स्थिति उत्साहजनक नहीं है। कल अमेरिकी राष्ट्रपति की प्रेसिडेंशियल डिबेट होने वाली है और आने वाले कुछ ही दिनों में संयुक्त राज्य अमेरिका को नया प्रेसीडेंट मिलने वाला है।

ये घटनाएं शेयर मार्केट को कितना और किस प्रकार प्रभावित करेंगी, कुछ इसी तरह के विचारों से घिरा मैं किसी निष्कर्ष पर नहीं पहुँच पा रहा था।

'एलएसई' के बाद मैं मुंबई आ गया। कुछ दिन एक प्राइवेट बैक में नौकरी की थी, लेकिन उसमें मन नहीं लगा। फिर एक बड़े ब्रोकर के साथ उनके शेयर मार्किट के काम को संभालने लगा था।

मेरी कठिन मेहनत, 'एलएसई' से मिला ज्ञान, और 'एलएसई' में लियो के साथ की गई चर्चाओं से उपजी मेरी शेयर बाजार की समझ आज मेरे बॉस की फर्म के बैंक बैलेंस को दिन दोगुना रात चौगुना बढ़ा रहे थे। मेरा बॉस मुझसे खुश था। उसने फर्म की लगभग सभी बड़ी जिम्मेदारियाँ मुझे सौंप् दी थी। इन सब ने मेरे आत्मविश्वास को बढ़ाया।

बिल गेट्स ने एक बात कही थी- "मैं परीक्षा में कुछ विषयों में फेल हो गया था, लेकिन मेरा दोस्त सभी में पास हो गया था। अब वह माइक्रोसॉफ्ट में एक इंजीनियर है और मैं माइक्रोसॉफ्ट का मालिक हूं।"

इस बात ने मुझे चौंकाया कि मैं यहाँ क्या कर रहा हूँ। जब मेरा बॉस सब कुछ जिम्मेदारी मुझ पर ही डाल रखा है तो मैं उसके लिए क्यों काम करूँ। जब सब कुछ मैं ही संभालता हूँ तो फिर उसके लिए क्यों संभालूँ।

अपने आपको बेचने से अच्छा है दुसरे को खरीदो। मैं उस फर्म से नौकरी छोड़ने का जोखिम उठाने को तैयार हो गया। बिल गेट्स भाईसाहब ने मेरा बहुत विश्वास बढ़ाया। उन्होंने कहा की "बड़ी जीत के लिए कभी-कभी बड़े जोखिम लेने पड़ते हैं।

मैंने निर्णय कर लिया की जैक्सन किसी और की नौकरी नहीं करेगा और यह भी की वह अपनी स्वयं की कंपनी खोलेगा। अगले दिन सूरज की तेज तपती किरणों के सामने खड़ा हो, सूरज से आँखें मिला मैंने लियो से आशीर्वाद लिया। चाँद से शांत भाव और सूरज से विचारों में नई ऊर्जा भर कर एक महीने बाद मैं मेरी बचपन की दोस्त निकिता के साथ एक कंपनी का मालिक था, हालांकि उसकी कैपिटल वैल्यू ज्यादा नहीं थी। पर मैं एक बहुत बड़े सपने की शुरुआत कर चुका था।

मैं जानता था की सफ़र आसान नहीं होगा। 'एलएसई' में एडमिशन लिया तब भी किसी ने टोका था की यहाँ से कोर्स करना आसान नहीं होगा। पर आसान चीजों को पाना और नहीं पाना दोनों एक जैसा ही है। दुर्गम रास्ते ही अनजानी और आकर्षक जगह पर पहुंचाते हैं।

रात-दिन की कड़ी मेहनत, 'एलएसई' का ज्ञान और लियो की बातों के संस्मरण ने बहुत कुछ राह सुझा दी थी। दो साल के कठोर पर आकर्षक समय ने कम्पनी को बाजार में आगे ला खड़ा कर दिया था। कंपनी की कैपिटल वैल्यू भले ही कम थी पर हमारी ग्रोथ रेट सबसे शानदार थी। इन्वेस्टर्स को आकर्षित करने में यह बहुत ही उम्दा साबित हुई।

हमारी कंपनी अब कोई आम कंपनी नहीं रह गई थी। शेयर बाजार की गलियों में घूमने वाला हर कोई अब जानता था की कोई अफलातून है जिसने हलचल पैदा की है। शेयर बाजार में शांतचित्त से काम करना बहुत मुश्किल है। यह अफवाहों का बाजार है। अफवाहों से सही सूचना का चुनाव और उनका गहन विश्लेषण ही आपको आगे ले जाता है। गीता का ज्ञान योग और कर्मयोग ही आपको यहाँ टिकने में मदद कर सकता

है।

'जैक क्या मैं अन्दर आ सकती हूँ?' कंपनी की पीआरओ और बिजनेस मैनेजर निकिता दरवाजे पर खड़ी बोल रही थी।

'हाँ हाँ जरुर' मैंने कहा।

'क्या यार कब से कॉल कर रही हूँ, कॉल रिसीव क्यों नहीं कर रहे हो?' उसने अंदर घुसते ही चेहरे पर गुस्से के हावभाव बनाते हुए कहा।

अरे मैं कुछ सोच रहा था, रीसीव करने ही वाला था की रिंग बंद हो गयी।

बात क्या है यह बताओ' मैंने कहा।

'आज एक ई-मेल आया है। जैक तुम ख़ुशी से नाच पड़ोगे पढ़कर' उसने चहकते हुए कहा।

'अरे! ऐसा क्या है इसमें?' मैंने कहा।

आज तो पूरे स्टाफ को ट्रीट देनी पड़ेगी।

दिखाओ तो सही क्या है?

यह देखो जैक 'लन्दन बेस्ड यूरोप का एक बहुत बड़ा इन्वेस्टर हमारी कंपनी में इन्वेस्टमेंट करना चाहता है और वह भी पुरे सौ मिलियन डॉलर। है ना खुशी की बात' निकिता हाँफते हुए जल्दी-जल्दी बोले जा रही थी।

'वाऊ! यह तो सही में बहुत बड़ी बात है' कहते हुए मैं वाकई उछल पड़ा था।

मैं कुर्सी से उठ खड़ा हुआ था पर अगले ही पल मैं कुछ सोचते हुए जैसे ही वापस कुर्सी पर बैठने लगा तो निकिता ने कहा की 'क्या हुआ जैक?' अचानक से क्या सोचने लग गए हो।

कुछ नहीं बस यहीं कि किसी भी आकर्षक ऑफर की सत्यता पर तुरंत विश्वास नहीं करना चाहिए।

पर यह ई-मेल सही है जैक। मैंने इसमें दिए नंबर पर कॉल करके तथा गूगल करके सब कुछ चेक कर लिया है। मेल बिल्कुल वेरिफाइड है जैक।

पर क्या तुमने पढ़ा, वो लोग अनकंडीशनल निवेश करने की बात कर रहे हैं। मतलब सब शर्तें पहले से ही तय हैं कि हमारी ही मानी जाएँगी।

यह तो कितनी अच्छी बात है' निकिता ने कहा।

‘लगने मैं अच्छी बात है, पर एक पल के लिए सोचो, कोई हम पर इतना मेहरबान क्यों हो रहा है? अगर आप पर बिना किसी जायज वजह के कोई ज्यादा ही मेहरबान हो रहा हो तो यह प्रकृति प्रदत्त सत्य है कि या तो सामने वाला बहुत ही अच्छा है या फिर अवश्य ही कोई बड़ा छलावा घटित होने वाला है। यह बात गाँठ बंद कर रख लो कि हर ऑफर एक छलावे का आकर्षक पैकेज होता है। कोई भी वस्तु की कीमत उसके मूल्य से कम नहीं हो सकती। अगर ऐसा है तो इस पूरी प्रक्रिया में कहीं न कहीं, कोई न कोई आपकी चीज तो है जो आखिरी उत्पाद बन ऑफर देने वाले को लाभ पहुंचा रही है’ मैं निकिता को समझा रहा था।

‘तुम्हारी बात तो सही है जैक, पर यार देख लो यार, ऐसा ऑफर फिर से नहीं मिलने वाला’ निकिता उत्सुकता में मुझे समझाए जा रही थी।

ठीक है पर इतना बड़ा निर्णय हम अकेले नहीं ले सकते। तुम ऐसा करो कंपनी के सलाहकार मण्डल की कल सुबह दस बजे की ‘वर्चुअल मीटिंग’ रख दो और सबको इन्फॉर्म कर दो। ध्यान रहे इस ईमेल के विषय में अभी किसी को कुछ नहीं पता चलना चाहिए।

‘पूरा मेल तो पढ़ो जैक, इसमे लिखा है कि आज शाम के पाँच बजे तक कंसेंट देनी है और चौबीस घंटे के अन्दर-अन्दर डील फाइनल कर समझौता पत्र पर हस्ताक्षर करने सिग्नटॉरी यानी तुम्हें लन्दन जाना है।

‘इतनी जल्दी इतना बड़ा निर्णय लेना संभव नहीं है निकिता’ मैं थोडा चिंतित होते हुए कह रहा था।

‘जैक तुरंत लिए गए निर्णय ही वास्तविक निर्णय होते हैं। देर से लिए गए निर्णय, निर्णय नहीं बल्कि सलाह मशवरा कहलाते हैं। हमारी मम्मी उसे मिक्स-वेज डीसीजन कहती हैं। जिसमें खुद का अपना कोई स्वाद नहीं रहता है। हम इंडियंस मिक्सवेज इतना क्यों पसंद करते हैं जैक’ निकिता की इस बात ने मुझे गुस्सा दिला दिया था।

ठीक है अब बहुत हो गया यार, तुम उन्हें मेल कर दो ‘वी आर अनेबल टू मटेरलाइजड़ योवर ऑफर इन सच अ शॉर्ट स्पैन ऑफ टाइम’।

‘आर यू श्योर जैक’ कहकर उसने मुझे फिर से सोचने का अवसर दिया।

‘यस, फाइनल डीसीजन’ मैंने गंभीर होते हुए कहा।

अगले दिन मैं ऑफिस थोड़ी देर से गया था।

जैक मैंने कल उनको ई-मेल कर दिया था जिसमें लिखा था कि हमारी कंपनी अपने निवेशकों के हितों को ध्यान में रख कर जल्दबाजी में कोई निर्णय नहीं लेना चाहती है। हम आपके द्वारा दिए जा रहे आकर्षक ऑफर का सम्मान करते हैं पर हमारी कंपनी जल्दबाजी में लिए जाने वाले फैसलों पर नहीं बल्कि धैर्य और भविष्य की समझ पर आधारित निर्णयों पर विश्वास करती है। हम किसी भी कीमत पर अपनें मूल्यों से समझौता नहीं कर सकते हैं। अगर हमें कुछ समय दिया जाए तो हम अवश्य ही आपके ऑफर पर पुनर्विचार कर सकते हैं' कहते हुए निकिता ने मेल की प्रति मुझे थमा दी और कहने लगी की जैक उनका जवाब आया है जिसमें उन्होंने हमें एक सप्ताह का समय भी दिया है और हमारें द्वारा जलबाजी में कन्सेन्ट नहीं देने के निर्णय खुश होकर उन्होंने इनवेस्टमेंट राशि दुगुनी करने की बात कही है।

अगले तीन दिनों में कंपनी के सलाहकार मण्डल की अनुमति लेकर मैं और निकिता लन्दन पहुँच चुके थे।

पूर्व सूचना के आधार पर हम उनके दिए गए पते पर पहुंचे। बहुत ही सम्मान के साथ हमें एक कर्मचारी एक छोटे से सम्मेलन कक्ष में ले गया।

बिल्कुल निश्चित समय पर अंगरक्षकों के दस्ते से घिरा एक व्यक्ति राउन्ड-टेबल पर मेरे सामने आकर बैठ गया। ओहो! यह प्रकृति की कौनसी साजिश थी। क्या वास्तव में प्रकृति ऐसे भी खेल खेलती है। ओह...यह लियो था।

ओ माई गॉड...यह लियो ही था।

लियो! क्या सच में तुम ही हो? कहते हुए मैं जोर से बोलते हुए कुर्सी से खड़ा हो गया था।

निकिता और वहाँ अन्य लोग चकित होते हुए मेरी तरफ देख रहे थे। मैं पागलों सा चकित, विस्मित इतना खुश हो रहा था मानों माँ की गोद मिल गई हो।

लियो आगे बढ़ा, दोनों हाथों से मुझे पकड़ कर गले से लगाते हुए वह थैंक्स गॉड बोल रहा था।

भावनाओं का ज्वार जब थोड़ा शांत हुआ तो हम वापस अपनी अपनी जगह पर बैठ गए थे।

लियो ने बहुत ही धीर मुद्रा में बात को आगे बढ़ाते हुए बोला कि 'अब यह समझौता नहीं हो सकता है''।

यह सुनते ही निकिता चिंता भारी नजरों से मेरी तरफ देख रही थी।

पर क्यों लियो? यकायक मेरे मुंह से निकला।

'प्रकृति समझौते नहीं करती दोस्त। प्रकृति मिलन कराती है। आज कृष्ण का कृष्ण से मिलन हुआ है। क्यों न दो समुद्रों का मिलन होने दिया जाए। क्यों ना हम दोनों आज से साथ में ही काम करें। आज दोनों कंपनियों का भी मिलन हो जाए' लियो ने मेरी तरफ देखते हुए कहा।

'मेरे लिए यह बड़े फ़क्र की बात होगी लियो' मैंने निकिता की मेरी तरफ देख रही नजरों से मूक सहमति लिए बोल दिया।

निकिता के चेहरे पर चमक बता रही थी कि वह मान चुकी थी कि मैं मिक्स वेज के अलावा भी चीजें पसंद करता हूँ।

तब निर्णय हुआ की मुंबई का काम निकिता देखेगी और मैं लियो के साथ यूरोप के बिजेनस को देखने में उसका साथ दूंगा।

5

मुंबई के छोटे से ऑफिस से मैं यकायक लंदन के आलिशान ऑफिस में पहुँच गया था। मैं यहाँ और भी अधिक मेहनत करने लगा था। लियो को कठिन मेहनत करते देख कर और भी प्रेरणा मिलती थी। अब तक लियो को मैंने 'एलएसई' वाला लियो ही देखा था। पर यहाँ आकर देखा तो बहुत अद्‍भुत लगा। वह अपना सौ प्रतिशत काम को देता था। गजब का अनुशासन था उसमें। उसकी दिनचर्या से लोग अपनी घडी का समय मिलाते थे। समय की पाबंदी के मामले में उसने इमेनुअल कांट को भी पीछे छोड़ दिया था। बड़े ताज्जुब की बात थी की उसकी बायोलाजिकल घड़ी उसके हाथ की घड़ी से भी ज्यादा सटीक थी।

कुछ बातों में वह मैकियावैली का प्रिंस लगता तो कुछ बातों में वह नदी में नहाती गोपियों का कपडे चुराने वाला कान्हा। वह अनेकता में एकता का उत्तम मिश्रण था।

यूं तो हम दोनों दोपहर का भोजन ऑफिस में साथ ही करते थे पर एक दिन उसने मुझे कुछ दिन के लिए अपने परिवार का मेहमान बनने के लिए आमंत्रित किया। उसने मुझे यह भी बताया की कुछ दिन काम को भूल स्वयं के लिए वक्त निकालना क्यों जरुरी होता है। उसने कहा की मेरे घर मेहमान बनकर रहने से कैसे हम एक-दूसरे को और भी अधिक जानेंगे और कैसे यह उन दोनों की दोस्ती को मजबूती देगा। उसने कहा की जीवन में जब भी यात्रा करने और दूसरों को जानने का मौका मिले तो भूलकर भी मना नहीं करना चाहिए। उसकी बातों ने मुझ में जादू का संचार किया।

लिओ का पैत्रिक घर लंदन से कुछ ही समय की दूरी पर एक छोटे से गाँव में था। पर लिओ वहां रहना पसंद नहीं करता था। हालाँकि उसने बताया था की वह अपनी यादों से बात करने, अपने बचपन को ढूँढने, अपने चरित्र के निर्माताओं को याद करने, अपनी हंसी की खिलखिलाहट महसूस करने, अपनी बचपन की शैतानियों के किस्से याद करने, अपनी प्रेरणा को जागृत करने वहां जाता रहता है।

जैसा उसने पहले 'एलएसई' में मुझे बताया था कि लन्दन के सबसे महंगे इलाके में शहर का सबसे बड़ा घर चाहिए था। सपने पूरा करने उसे आता था। वह कहता था की महंगाई जैसी कोई चीज नहीं होती है। हमारी कमाई से हम महंगाई और मंदी को पैदा करते हैं। कुछ बातें उसके 'एलएसई' के ज्ञान से बाहर की थी। वह इतना महत्त्वकांक्षी था कि वह अर्थशास्त्र के मूल सिद्धन्तों से भी आगे निकल जाया करता था। यहीं वह बातें थी जिन्होंने उसे कुछ ही सालों में लंदन के अमीरों में शामिल कर दिया था। आज उसके पास वह सब कुछ था जो वह चाहता था।

उसके व्यक्तित्व में कुछ अद्भुत था। मैंने उसके घर में देखा कि उसके घर की लाइब्रेरी में वह किताबें थी जो सामान्य पाठकों के घर में नहीं होती हैं। चोर-लुटेरों से संबंधित उपन्यास, बड़े लोग, महान विभूतियाँ, साहसी लोगों की कहानियां, दर्शन और समाज विज्ञान की पुस्तकें, जादू के किस्से, छोटे बच्चों की बाल कहानियाँ, यात्रा वृत्तान्त आदि । वह अपने ज्ञान में विविधता लिए हुए था।

लिओ में अमीर बनने और वैभवशाली जीवन जीने की ललक थी। वह कहता था की लंदन के सबसे महंगे कल्ब का सबसे अहम सदस्य होगा। उसके पास सबसे महंगी गाडी होगी। वह राजनीति में नहीं जायेगा। बिजनिसमैन बनेगा। उसका मानना था की राजनैतिक शक्ति आर्थिक शक्तियों की दासी होती है। उसने 'एलएसई' के समय ही निर्णय कर लिया था कि उसे लन्दन शहर में ही आगे की जिंदगी बितानी है। वह लन्दन के विषय में अनेक रोचक बातें मुझसे बताया करता था।

उसका कहना था की लंदन हमेशा से ही एक महान शहर रहा है। यह कभी सूर्यास्त नहीं होने वाले राज्य की राजधानी रहा है। वह उन किताबों का जिक्र करता जिनमें वहां के ख़ास दौर की कहानियों का वर्णन मिलता

है। वह कहता था कि एक दौर था जब बीसवीं सदी के साठ के दशक में लंदन आने वाले अमरीकी सैलानियों की भरमार थी। वह दौर बीटल्स, द रॉलिंग स्टोन्स, द किंग्स रोड, कर्नाबी स्ट्रीट का था। वह दौर एड लिब जैसे नाइट क्लब का था। मगर साठ के दशक का वह लंदन शहर सबके लिए नहीं था। आपकी जेब में अगर पैसे नहीं थे, तो आप इनमें से किसी का मज़ा नहीं ले सकते थे। वह लन्दन शहर को सबसे महान, सबसे गतिमान, सबसे अच्छा, पहले से कहीं बेहतर मानता था। उसका मानना था कि यहां पहले की तुलना में अब यहाँ रहने का ठिकाना खोज पाना, अपना घर बना पाना और भी मुश्किल हो गया है। इसलिए अधिक पैसे कमाना जरुरी है। आज लंदन यूरोप का आर्थिक, आर्किटेक्चर और कला का सबसे बड़ा केंद्र बन गया है। यह खुबसूरत इमारतों का शहर है। यह शहर की क्रिएटिविटी की मिसाल है। पैसे और कला के मेल से यहां कई नई चीज़ें देखने को मिल रही हैं। नई आर्ट गैलरीज़ खुल रही हैं। दुनिया का सबसे अच्छा कला का मेला 'फ्रीज़े' यहां लगता है। किसी भी दूसरे शहर के रेस्तरां से यहाँ के रेस्तरां आगे हैं। लंदन आज दुनिया की फ़ैशन कैपिटल भी बन गया है। सड़क छाप फ़ैशन से लेकर बड़े ब्रांड्स के फ़ैशन तक यहां हर दर्जे की चीज़ें मिलती है। यहां दुनिया भर की सभ्यताओं का मेल होता है। अलग-अलग नस्ल, जाति और धर्म के लोग यहां आकर एक साथ हंसी-ख़ुशी से रहते हैं। यहां कमोबेश दुनिया की हर ज़बान के बोलने वाले लोग मिल जाएंगे। लंदन की इतनी खूबी बताकर फिर वह कहता था कि लंदन में अगर किसी के पास पैसे नहीं हैं तो कुत्ते और इंसान की जिंदगी एक जैसी बन जाती है। इस प्रकार वह अपने शहर लंदन की खूबियाँ गिनाता रहता था।

उसने मुझे शेयर मार्किट में होने वाली छोटी-छोटी व्यवहारिक बातें भी बताई थी। उसने बताया था कि कैसे कुछ बिज़नेस टाइकून किसी नेता, अभिनेता या प्रभावी व्यक्ति से कुछ परिणामात्मक बात मीडिया के माध्यम से प्रसारित करवाते हैं और कैसे उससे किसी कंपनी के शेयर गिर जाते हैं। और उस समय ऐसे बुद्धिमान बिजनेस टाइकून उन कंपनी के शेयर खरीद लेते हैं और कुछ दिन बाद फिर से वह नेता, अभिनेता या प्रभावी व्यक्ति अपने पिछले कथन पर माफ़ी मांगता है

और कैसे वापस शेयर की कीमत बढ़ जाती है? तब बुद्धिमान व्यापारी अपना मुनाफा कमा लेता है। वह अनेक ऐसे लोगों के नाम गिनाता रहता था जो दुनिया के अमीरों की सूची में पाँच वर्ष पहले एक हजारवें से भी नीचे थे और अब कैसे नम्बर दो, चार, दस पर पहुँच गए हैं। पर उसका यह भी मानना था कि ऐसे लोगों में गजब का अनुशासन और काम के प्रति लग्न होती है। ये लोग बुद्धिमत्ता और कल्पना शक्ति से भविष्य को पहले ही देख पाने की क्षमता विकसित कर लेते हैं।

उसने बताया था कि देश का कौन सा मंत्री किस समय किस उद्देश्य से अपने भाषण में क्या बोलता है और उसकी नीतियों के माध्यम से किस कम्पनी के शेयर उछल या गिर सकते हैं। उसने तो देश के कुछ प्रभावी व्यक्तियों की एक महत्त्वपूर्ण लिस्ट भी बना रखी थी। यह भी की इस लिस्ट के नाम भी समय-समय पर बदलते रहना पड़ता है।

लियो ने मुझसे प्रकृति की त्रासदियों का महीनेवार तथा भौगोलिकता के आधार पर सूची बनवाई और बताया की कैसे कौनसी त्रासदी किस समय किस देश के शेयर मार्केट में तहलका मचा सकती है और किस कंपनी के शेयर में उछाल या गिरावट ला सकती है।

लियो और मैंने फिर से एक नए जीवन की शुरुआत की थी। लियो की इच्छाएं असीमित थी। पता नहीं वो क्या करना चाहता था। मैं भी इन सब मैं लियो का साथ देने लगा था। हमने इतना पैसा कमाया की दुनिया की हर चीज हमें सस्ती लगती थी। लियो ने भुला दिया था की इकोनॉमिक्स के सिद्धांतों में महंगाई भी कोई सिद्धांत है। उसका मानना था कि लोग आलसी और अज्ञानी हैं। जब हर तरफ सोना बिखरा पड़ा है तो लोग चांदी क्यों उठाते हैं।

लियो जो कभी प्रकृति के मूल सिद्धांतों की बात किया करता था, आज उनको भूलने लगा था। उसकी अति-महत्त्वकांक्षा ने उसके मानस पटल पर 'अज्ञान का पर्दा' डाल दिया था। और आज जब उसने अपनी सारी इच्छाएं जीत ली थी तब वह उनको वसीयतनामा का रूप देकर कहीं चला गया था।

6

जैसे ही मैं ऑफिस पहुंचा मुझे सुरक्षाकर्मी ने बताया की सुबह पाँच बजे से ही कोई आपका इंतजार कर रहा है। मैंने उसे बताया था की आप नौ बजे तक ऑफिस आएंगे पर उसने वापस चले जाने के बजाय आपका इंतजार करना ही उचित समझा।

लिफ्ट लेकर मैं यह सोचते-सोचते जल्दी ऊपर पहुँचा की कौन हो सकता है? शायद कोई हमारी कंपनी का क्लाइंट होगा वरना इस शहर में किसके पास इतना वक्त है जो किसी का चार घंटे इंतजार करे, वह भी बिना किसी सुनिश्चितता के।

ऊपर पहुंचा तो देखता हूँ कि लगभग तीस वर्षीय युवा मुझे देख कर मुस्कुराते हुए मेरी तरफ बढ़ने लगा था। वेशभूषा में वह उत्तरी भारतीय लग रहा था। ऊपर सफेद रंग का कुर्ता और नीचे भी सफेद रंग की ही धौती पहन रखी थी। उसके हाथ में पीले रंग का एक धागा अनेक लपेटे लिए हुए बंधा हुआ था। ललाट पर लाल रंग का तिलक लगा था जिस पर कुछ चावल के दाने चिपके हुए थे।

हाथ जोड़ते हुए अभिवादन की मुद्रा में उसने कहा 'नमस्कार मेरे दोस्त जैक्सन! कैसे हो?

इसके बाद मुझसे गले मिलते हुए उसने अपने दोनों हाथों से मुझे मजबूती से पकड़ लिया। जिस अपनेपन और गर्मजोशी के साथ वह मेरा अभिवादन कर रहा था, वह सब मुझे आनंदविभोर कर रहा था। मैं मन ही मन सोच रहा था कि आवाज तो जानी पहचानी लग रही है पर अभी भी मैं उसे नहीं पहचान पा रहा था।

आखिर मैंने उससे पूँछ ही लिया 'आप कौन हैं? माफ करना पर मैंने तुम्हें अभी तक नहीं पहचाना है।

क्या जैक्सन लगता है तुम उम्र से ही नहीं बल्कि दिमाग से भी बुड्ढे होते जा रहे हो। ऐसा कहते हुए वह जोर-जोर से हंसने लगा।

हमारे समुद्र क्या अलग हुए तुमने तो मुझे भूला ही दिया दोस्त।

'ओ! तो यह तुम हो, लियो। ओह लिओ! क्या सच में तुम ही हो? मैं सपना तो नहीं देख रहा हूँ ना? खुशी के मारे मैं बच्चों सा उछल पड़ा। तुम तो बिल्कुल भी पहचान में नहीं आ रहे हो' कहते हुए मैं लियो को गले लगाकर उसके कंधों पर सर रख कर रोने लगा था।

लियो मुझे ढाँढ़स बँधवा रहा था पर मेरे आँसू रुकने का नाम ही नहीं ले रहे थे।

उस दिन मैंने ऑफिस की सभी मीटिंग्स और व्यस्तताएं रद्द कर दी और लियो को साथ लेकर वापस घर आ गया।

'बताओ लियो चाय, कॉफी या फिर यूनीवर्सिटी के समय वाली अपनी पसंदिता बियर, क्या लेना चाहोगे?' मैंने पूँछा।

'यह सब नहीं दोस्त, इन सब चीजों से दूर हो गया हूँ मैं' बड़े ही शांतिपूर्ण लहजे में उसने कहा।

बिल्कुल बदल गए हो दोस्त तुम...और कपड़े कैसे पहने हैं तुमने?

'तुमको पसंद नहीं आए होंगे पर तुम्हारे टाइट सूट-पेंट से ज्यादा आरामदायक हैं दोस्त' मुस्कुराहट के साथ उसने कहा।

और तुम एकदम नौजवान कैसे हो गए। तुम तीस साल की उम्र से भी छोटे लग रहे हो।

'यह सब 'ज्ञान की देवी' का आशीर्वाद है जैक्सन। तुम पूरी कहानी सुनोगे तो तुम्हें विश्वास ही नहीं होगा कि आज के समय में ऐसा संभव भी है' लिओ ने प्रसन्न मुद्रा में कहा।

'जैक्सन अगर तुम्हें मेरी बात सुननी है तो मेरी वह दो बातें माननी पड़ेंगी जिनके लिए उस छोटे से गाँव की उस देवी ने मुझसे वादा लिया था। पहली की तुम्हें मेरी बातों पर विश्वास करना होगा, पर तुम्हारे पास यह अवसर है कि तुम विश्वास करने से पहले मुझसे हर वह बात प्रमाणित कर सकते हो। और जिन बातों पर विश्वास नहीं कर पा रहे

हो उनके लिए तुम्हें इतिहास की समझ की मदद लेनी चाहिए। दूसरी बात यह है कि जब तुम विश्वास करने लग जाओ तो तुम्हें क्रियाशीलता दिखनी होगी ताकि दुनिया को बदलने में तुम्हारे विचार काम आ सकें और हर कोई इन विचारों से अपना जीवन बदल सके' कहते-कहते लिओ के चेहरे पर गंभीर भाव उभर आए थे।

दोस्त! मैं यहाँ से समुद्री जहाजी यात्रा से भारत के कन्याकुमारी जा पहुंचा। वहाँ से पैदल यात्रा करते हुए मैं कई दिनों बाद जंगल, पहाड़ों और मैदानों के रास्ते होते हुए अरावली पर्वतमाला की पहाड़ियों में भटकता रहा। मेरा उद्देश्य किसी ऐसी जगह पहुंचना था जहां शांति का अनुभव हो।

मेरी यात्रा के दौरान एक दिन मैंने घने जंगलों के बीच एक गुफानुमा प्रवेश द्वार देखा। जैसे ही मैं उस प्रवेशद्वार में प्रवेश कर रहा था मुझे वहाँ एक योगी पुरुष द्वारा बहुत ही सहज भाव से रोक दिया गया। थोड़ी देर बाद एक उम्रदराज, पर चेहरे पर कान्ति का आवरण औढ़े वह योगी पुरुष आगे आया और मुझे इशारे में उसने अपने पीछे चलने को कहा। थोड़ी दूर जाने पर वह मुझे एक ऊंचे स्थान पर बैठने का इशारा किया। मैं जैसा उसने कहा उसका अनुसरण कर रहा था। चारों तरफ शांति की चुप्पी थी। बस आसपास के ऊंचे-ऊंचे पेड़ों से पक्षियों की मधुर ध्वनियाँ चित्त को शांत बना रही थी।

मैंने वहाँ सामने की तरफ देखा कि एक तरफ सात और एक तरफ दो समान आकार के कुए नुमा गड्डे बने हुए थे। वह बहुत ही अद्भुत नजारा था। वह योगी पुरुष जब उन दो कुओं के पानी से उन सात कुओं को भरता तो वह सातों कुए पानी से लबालब भर जाते पर जब वह उन्हीं सात कुओं से पानी लेकर वापस उन दो कुओं को फिर से भरता तो वह दोनों कुए खाली ही रह जाते। मेरे आश्चर्य का कोई ठिकाना नहीं था। जब मैं इस आश्चर्य का पैनी नजरों से परीक्षण कर रहा था तब वह योगी पुरुष मेरे पास आकर इस क्रिया को मुझसे दुहराने के लिए कहने लगा तो मैं तपाक से तैयार हो गया। परंतु महान आश्चर्य की मेरे परिणाम भी वहीं थे जो उस योगी पुरुष के थे।

यह तो वाकई अद्भुत है लियो', मैंने कहा।

फिर उस योगी पुरुष ने मुझसे पूँछा 'बताइए इसका क्या मतलब निकलता हैं और ऐसा क्यों हो रहा है?'

मुझे कुछ समझ नहीं आ रहा था। फिर मैंने सोचा मैं जिस बाहरी दुनिया से आ रहा हूँ तो सवाल भी कहीं वहीं से न जुड़ा हो। फिर कुछ पल के लिए मैं अपनी यात्रा के पलों को याद करने लगा।

मुझे याद आया कि रास्ते में मैं एक सड़क किनारे छोटी सी चाय की दुकान पर चाय पी रहा था। तब दो व्यक्ति आपस में बातें कर रहे थे- 'देखो, उसके पाँच बेटे और दो बेटियाँ हैं पर उन दोनों को भर पेट खाना तक नहीं देते हैं जबकि उन्होंने अपना पूरा जीवन इन्हें पालने पोसने में लगा दिया।

'पर इस बात का कुए वाली बात से क्या लेना देना लिओ', मैंने जल्दबाजी में कहा।

'यहीं तो इस पहेली का समाधान था दोस्त' लिओ ने कहा।

माता-पिता दोनों मिलकर सात बच्चों का पालन पोषण कर लेते हैं पर जब जीवन की आखिरी दहलीज से मृत्यु का इंतजार कर रहे होते हैं तो सात बच्चों के माता-पिता को भी बहुत बार उनके भरोसे भूखा ही सोना पड़ता है। यहीं बात मैंने उस व्यक्ति को बताई तो उसके चेहरे पर उल्लास देख मैं प्रसन्न था।

उसने फिर से मुझे अपने पीछे चलने का इशारा किया और वह तेज कदमों से आगे बढ़ने लगा। थोड़ी देरी बाद हम पहाड़ी की तलहटी के नीचे की तरफ बनी एक झोंपड़ी में पहुँच चुके थे। वह झोंपड़ी के अंदर प्रवेश कर गया और अंदर से उसने मुझे भी अंदर आने के लिए हाथ के झोले से बुलाया। वहाँ हर चीज बहुत ही सलीके से रखी हुई थी। उसने मुझे कुछ फल खाने को दिये और हाथ से कुछ देर यहीं पर आराम करने का इशारा कर चला गया। इतने मौन और शांति में अकेले वहाँ रहना बड़ा ही आनंददायी था। जितनी खामोशी के साथ तुम मुझे सुन रहे हो यह उस शांति क लेशमात्र भी नहीं है। वाह जैक्सन, अकेले में शांति से बैठना कितना आनंददायक होता है।

मैं अकेले में अपने जीवन के पन्ने पलटने लगा और सोचने लगा की कैसे मैंने पैसे की भूख में अपने जीवन को धकेल दिया था। जीवन में मैंने

कितने निरर्थक निर्णय लिए थे।

मैं तुम्हें भी बिना बताए चला गया। तुम्हारी परेशानी को भी मैं नहीं समझ पाया था।

'ओह दोस्त! मेरे दुःख को फिर से याद मत दिलाओ', मैंने दुःखी होते हुए कहा।

'हाँ दोस्त, बुरे वक्त को याद नहीं करना चाहिए बस बुरे वक्त ने हमें जो सिखाया है उस शिक्षा को जीवन भर याद रखना चाहिए' लिओ कह रहा था।

'अच्छा फिर वह योगी पुरुष तुम्हें लेने वापस आया की नहीं', मैंने तत्परता से पूँछा।

हाँ, लगभग तीन पहर के बाद वह वापस आया और उसने मुझे अपने पीछे चलने का इशारा किया। थोड़ी देर में वह मुझे एक बहुत ही विलक्षण जगह पर ले गया। वहाँ मैंने एक अद्भुत शांति और उल्लास का अनुभव किया। मैंने देखा कि एक बहुत बड़ा बरगद का पेड़ था जिसकी शाखाओं से निकली जडें दूर दूर तक फैली हुई थी। हजारों पक्षियों का मिला जुला कलरव ऊर्जा का संचार कर रहा था। उस बरगद के मुख्य पेड़ के नीचे सामने बहुत से लोगों के बैठने की व्यवस्था थी, जिसकी सजावट प्राकृतिक चीजों से की गई थी। सामने एक बहुत बड़ा प्राकृतिक सिंहासन बना हुआ था।

उसके बाद वह व्यक्ति मुझे पास की पहाड़ी पर थोड़ी ऊंचाई पर ले गया जहां से जंगल और उसके पास सटे खुले घास के मैदानों को हम स्पष्ट रूप से देख सकते थे। वहाँ उसने मुझे इशारे से उस मैदान की तरफ देखने के लिए कहा। वहाँ उस दिन मैंने तीन घटनाएँ देखी जैक्सन।

जैक्सन तुम्हे मुझ पर विश्वास करना चाहिए उन बातों पर भी जो इतनी अद्भुत हैं कि जब मैंने वो चीजे पहली बार देखी थी तब मैं स्वयं सोचने लगा था कि कहीं मैं सपने में तो नहीं हूँ। प्रकृति की शिक्षाओं का अद्भुत नजारा था। वह योगी पुरुष एक बड़े से पेड़ पर चढ़ गया और उसने मुझे भी ऊपर की और खींच लिया। अब वहाँ से हम दूर के नजारे देख पा रहे थे।

थोड़ी देर बाद हम देखते है की पत्थरों की औट में एक शेरनी सो रही है और उसके बच्चे थोड़ी दूर पर ही खेल रहे थे। तभी एक बड़ी सी हिरणी उनके नजदीक थोड़ी दूरी पर आकर उनकी तरफ देखने लगी। शेर के बच्चे सतर्क होते हुए अपनी रणनीति में एक दूसरे की तरफ देख कर उस हिरणी को तीन और से घेर लिए। हिरणी दौड़ने लगी तो बच्चे उसका पीछा करने लगे। जब बच्चे उसे पकड़ नहीं पाए तो उन्होंने दौड़ना बंद कर दिया और वापस अपने पूर्व स्थान पर आ गए। थोड़ी देर बाद हिरणी वापस आ गई। उसे देख बच्चे इस बार योजनाबद्ध तरीके से उसा पीछा करने लगे। इस बार मानों हिरणी उनकी पकड़ में आने ही वाली थी और एक बच्चे ने तो मानों उसे पकड़ ही लिया था पर वह झटके के साथ अपनी दिशा में बदलाव कर सीधे-सीधे दौड़ने लगी और बच कर दूर निकल गई।

पूर्ववत वह योगी मेरी तरफ देखने लगा और इस घटना से हम क्या सीख सकते हैं, मुझे पूँछने लगा।

‘यह तो आसान सवाल था लियो। इसमें तो तुमने बोल दिया होगा की एक हिरणी मरते-मरते बच गई। शायद शेर के बच्चे कम प्रशिक्षित थे और हिरणी अनुभवी’ मैंने अपने विचार जोड़े।

हाँ जैक्सन, मेरा ख्याल भी यहीं रहता अगर मैंने यात्रा के दौरान एक छोटी से घटना नहीं देखी होती। मेरी यात्रा में एक गाँव आया था। वहाँ से गुजरते समय एक वृद्ध पुरुष ने मेरा अभिवादन करते हुए मुझे थोड़ी देर विश्राम करने के लिए बोला। मैं भी यात्रा से थका हुआ था। वृद्ध का प्रस्ताव मुझे पसंद आया। वृद्ध मुझसे वार्तालाप में व्यस्त था तभी हमने किसी के झगड़ने चिल्लाने की जोर-जोर की आवाजें सुनी। आवाजें तेज होती जा रही थी। थोड़ी देर में हमने देखा कि एक कृशकाय स्त्री के पीछे शरीर से हृष्टपुष्ट सा एक पुरुष हाथ में एक मोटा डंडा लिए दौड़ रहा था। शायद वह उसका शराबी पति था। वह स्त्री दौड़ती हुए पीछे देखने लगती की वह उसके कितना नजदीक आ गया है। जब भी वह ऐसा करती तो पीछे देखने पर वह अपनी गति थोड़ी मंद कर देती और वह पुरुष उसके और नजदीक आ जाता। उस स्त्री का पकड़े जाने और डंडे से पिटाई किये जाने के डर से बचकर भाग निकालने का विश्वास मानो कम होता जा

रहा था। अब लगभग वह उस पुरुष की पकड़ में आने ही वाली थी कि जब वह हमारे सामने से गुजरी तो उस वृद्‌ध ने जोरदार आवाज में उससे कहा कि डर को बाहर निकाल और पीछे मत देख नादान, सामने देख कर दौड़ेगी तो कभी इसकी पकड़ में नहीं आएगी। और जैक्सन उस वृद्‌ध का यह कहना जादुई था। इसके बाद उस स्त्री ने एक बार भी पीछे मुड़ कर नहीं देखा और थोड़ी देर में वह उस पुरुष से काफी आगे निकल गई थी।

'लिओ अब स्त्री की कहानी का यहाँ क्या अर्थ है' मैंने कहा।

अर्थ है मेरे दोस्त! जिस प्रकार हिरणी डर कर इधर उधर भाग रही थी वह लगभग पकड़ में आने ही वाली थी पर जैसे ही उसने डर को छोड़ सीधा एक ही दिशा में भागना शुरू किया वह शेर के बच्चों की पकड़ से दूर थी। समस्याओं से उत्पन्न डर को भुला कर जब हम एक दिशा में दौड़ते हैं तो हम डर से दूर जीत की और बढ़ रहे होते हैं।

उस स्त्री का अपने शराबी पति से बच निकालना भी उस वृद्‌ध की बात का ही असर था की समस्या से घबरा कर इधर-उधर मत सोचो, एक राह पकड़ो और डटे रहो अपनी राह पर। आपकी जीत निश्चित है।

यहीं बात मैंने उस वृद्‌ध से कही। और वृद्‌ध शायद मेरी बातों से सहमत था। पर उन्होंने जंगल की भाषा में मुझे इसका एक अर्थ और भी समझाया। वृद्‌ध कहा की मानों अनुभवी हिरनी शेर के बच्चों को शिक्षा दे रही थी कि तुम्हारी स्पीड साठ किलोमीटर प्रति घंटे की होने के बाद भी तुम नब्बे किलोमिटर प्रति घंटे की स्पीड से दौड़ने वाली हिरण का शिकार कैसे करोगे जब वास्तविक दुनिया में प्रवेश करोगे।

मानों उसने शेर के बच्चों को भी सिखाया की हिरण का मनोबल कमजोर होता है, तुम जब लगातार उसे इधर-उधर से उसे घेर लोगे तो उसका मनोबल टूट जायेगा और वह कैसे अपनी गति पर से अपना नियंत्रण खो देगी और आसानी से तुम्हारा शिकार बन जाएगी। ऐसा नहीं है कि हम हिरण प्रजाति हमारे बच्चों को वह सब नहीं सिखाते हैं पर बच्चे मनोबल की ताकत खो देते हैं। मनोबल की ताकत ही तो है कि एक जंगली भैसा शेर को मार गिराता है। चार जंगली कुत्ते भी शेर का शिकार कर लेते हैं। मनोबल टूटते ही शेर से ज्यादा ताकत रखने वाला एक हाथी शेर का शिकार बन जाता है। मनोबल और लड़कपन ही है की एक बन्दर

भी जंगल के राजा से चहलकदमीं करता है।

फिर वह योगी पुरुष मुझे एक नदी के किनारे ले गया जहां वह चुपचाप बैठ गया। मैं भी शांति से बैठ कर मनोरम दृश्यों का आनंद ले रहा था। तभी मैंने देखा एक जंगली भैंसों का झुंड नदी के दूसरे किनारे पर पानी पीने आया है। उनके बच्चे पानी में उनके साथ नहाने का आनंद भी ले रहे हैं। सब एक सहज रूप में हो रहा था। तभी हमने देखा कि एक शेर का परिवार झाड़ियों की औट में ताक लगाए शिकार की तलाश में बैठा है। मेरी साँसे बढ़ने लगी और मैं योगी पुरुष की तरफ देखने लगा। उसने मुझे वैसे ही फिर से चुप रहने का इशारा किया। मैं फिर से नदी के उस किनारे की और देखने लगा। शेर का परिवार अब आगे बढ़ रहा था। उनको पास में आता देख भैंसों का झुंड ताबड़तोड़ भागने लगा। थोड़े दूर भागने पर झुंड के कुछ छोटे बच्चे पीछे रह गए। वे सब उन शेरों की गिरफ्त में आने ही वाले थे की झुंड का सबसे उम्रदराज भैंसा वापस मुड़कर आया और उसने बच्चों को आगे बढ़ा दिया और खुद उन शेरों के सामने आ गया। फिर क्या था बच्चे झुंड के साथ आगे निकल गए और शेर का परिवार उस भैंसे को अपना शिकार बना चुके थे।

पूर्ववत वह योगी फिर मेरी तरफ देखने लगा और इस घटना के बारे में कहने लगा।

'इसमें कौनसी नई बात थी लियो। इसमें तो तुमने बोल दिया होगा की शेरों ने मिलकर एक जंगली भैंसे का शिकार कर लिया।

हाँ जैक्सन, देखने में तो मुझे भी यहीं लगा। पर मैंने उस वृद्ध से कहा की ऐसे लग रहा था मानों वह भैंसा यह सोच कर वापस आया है कि मैं अपना जीवन जी चुका हूँ और यह जीवन अब अगर मेरे अपनों के काम आए तो अच्छा है। शायद उसने सोचा होगा की जिम्मेदारी उठाने, अपनों को बचाने और उन्हें संकट मैं अकेले छोड़ कर कायरों की तरह जान बचा कर भाग जाने से अच्छा है उनके लिए अपनी जान कुर्बान कर देना।

शायद यह जंगल का सहज नियम है कि जो जानवर अपनी अपनी उम्र के सारे वर्ष जी चुका था वह स्वयमेव अपने को शेर के भोजन के रूप में प्रस्तुत कर रहा था। शेर उसे भोजन रूप में स्वीकार करने से पहले

माफ़ी मांगता और उसके नव जीवन में प्रवेश की शुभकामनाएं देते हुए विदा करता हो।

उसके बाद वह योगी पुरुष मुझे वापस उसी झोंपड़ी में लेकर आ गया। मुझे अंदर बैठने का इशारा किया और वह थोड़ी देर में रात्रि का भोजन लेकर आने की बोलकर चल गया।

थोड़ी देर बाद वह भोजन लेकर आया और पेड़ों के पत्तों से बनी पत्तल में उसने पहले मुझे भोजन परोसा और फिर खुद भी भोजन करने बैठ गया। भोजन करने से पहले उसने मुझे दोनों हाथ जोड़कर प्रकृति का धन्यवाद देने के लिए कहा।

फिर हम दोनों भोजन करने लगे। मैं बीच में उससे कुछ बात करने लिए बोलने लगा तो उसने चुप रहते हुए भोजन ग्रहण करने के लिए कहा।

भोजन के पश्चात झोंपड़ी के आगे बनी खुली जगह में वह मुझे साथ लेकर टहलने लगा। फिर उसने मुझे कहा की वह कल मेरी मुलाकात ज्ञान की देवी से करवाएगा।

'यह ज्ञान की देवी कौन हैं लिओ?' मैंने पूँछा।

वह ज्यादा कुछ नहीं बोला बस उसने कहा की जिस ज्ञान की तलाश में तुम आए हो उन सब प्रश्नों का हल ज्ञान की देवी से ही मिलेंगे।

उसके बाद उसनें सुबह आने की बात कह कर मुझे उसी झोंपड़ी में रात गुजारने की बोल रात्रि अभिवादन किया और वह चाँद की रौशनी में आगे बढ़ गया।

7

अलसभोर से पहले ही वह योगी मेरे पास आ गया और उसने मुझे जगाया। वह अपने साथ सफेद धौती, कुर्ता और एक तौलिया भी लाया था। उसने मुझे दो जोड़ी चप्पल भी दी जिनमें से एक मोटे कपड़े की बनी थी और दूसरी लकड़ी से बनी हुई थी।

यह सब लेकर वह मुझे अपने पीछे चलने का इशारा किया और थोड़ी देर में हम नदी किनारे पहुँच गए थे। वहाँ पर हम दोनों नहाने लगे। उसने मुझे बालों और शरीर पर लगाने के लिए मुल्तानी मिट्टी दी।

उसने मुझे बताया की वह मिट्टी किस प्रकार हमारे बालों और त्वचा के लिए अच्छी है। कैसे यह हमे दिन भर शांत रहने में मदद करती है।

नहाने के बाद हमने कपड़े बदले और फिर उसने लौकी से बना एक बर्तन मुझे दिया और दूसरा उसने स्वयं ले लिया और मुझे नदी से पानी भरने की बोल वह स्वयं भी पानी भरने लगा। फिर मुझे उसने उगते हुए सूर्य की तरफ मुहँ करने और जैसा वह करेगा उस तरह करने को कहकर पानी के बर्तन को दोनों हाथों से थाम कर सूर्य से नजरे मिलाते हुए सूर्यदेव को जल अर्पण करने लगा। मैं भी उनका अनुगमन कर रहा था।

उसके बाद हम वापस उस झोंपड़ी के पास आ गए। वह मुझे झोंपड़ी में बने मिट्टी के चूल्हे के पास ले गया और उसमें अलाव जला दिया। वहाँ पास में रखे एक मिट्टी के बर्तन में उसने थोडा पानी डाला और उसे चूल्हे पर रख दिया। उसके बाद उसने उसमें कुछ प्राकृतिक चीजें एक सिलबट्टे से कूट कर डाली और उबाल आने पर दो मिट्टी के बने कप

में डाल कर एक मुझे दे दिया और दुसरे में खुद पीने लगा। मुझे उसका स्वाद उतना अच्छा नहीं लगा पर वह उसके गुणों का बखान करते हुए मुझसे पूरा पी जाने का आग्रह कर रहा था।

मुझे आराम करने का इशारा कर वह झोंपड़ी के बाहर बने पौधों में पानी देने लगा। कुछ देर बाद उसने एक हस्त लिखित पुस्तक निकाली और उसे पढ़ने लगा।

सूरज जब पहाड़ की चोटियों को चीर कर ऊपर चढ़ने लगा तो वह मुझे ज्ञान की देवी के पास चलने की लिए तैयार होने को कहा। मैं तुरंत अपना तौलिया कंधे पर डाला और उसके पीछे-पीछे हो लिया।

'ज्ञान की देवी से मिलने के लिए उस दिन मैं बहुत उत्सुक था जैक्सन' कहते समय लिओ की आँखों में चमक थी।

पहाड़ों के टेड़े-मेड़े रास्तों से हम गुजर रहे थे। पहाड़ की तलहटी में बने खेतों में पुरुष और महिलाएँ काम कर रहे थे। सर्वत्र प्रकृति का साम्राज्य था। थोड़ी देर बाद हम ज्ञान की देवी की कुटीया में पहुँच चुके थे। मेरे मन में उन्हें देखने की उत्सुकता थी। कैसी होंगी, शायद सत्तर-अस्सी साल की बुढ़िया औरत होगी। पता नहीं उनसे मैं कैसे बात कर पाऊँगा? वो कुछ पूछेंगी तो मैं क्या जवाब दे पाऊँगा? अनेकों सवाल मुझे कंपित कर रहे थे।

वहाँ पहुँचने के बाद उस योगी पुरुष ने मुझे कुटीया के बाहर मिट्टी और पत्थरों से बने आसन पर बैठने का इशारा किया और स्वयं अंदर चला गया।

तभी मैंने उस योगी के साथ बहुत ही सुंदर युवती बाहर आती देखी। उसके नभ ललाट पर अर्द्ध चंद्र का निशान था। होंटों पर सूर्ख पलाश सी लालिमा, चेहरे पर मासूमियत परंतु औज से प्रकाशमान था। विश्वास भरी चाल से चलती हुई समवय की युवा सुंदरी मेरे सामने आकर खड़ी हो गई। ओह जैक्सन! वह पीले परिधान में अद्भुत लग रही थी। देविमय रूप था उसका। ज्ञान की देवी का आभामण्डल देख मैं दंग था। जैसा मुझे उस योगी ने सिखाया था, मैं उसके स्वागत में खड़े होकर सिर को थोडा झुका कर दोनों हाथों को एकसाथ करके अभिवादन कर रहा था।

अच्छा फिर क्या हुआ लियो। तुम्हारी और ज्ञान की देवी की क्या बात हुई?

जैक्सन! यार कुछ खाने को भी दोगे या भूखे ही भजन करवाओगे।

माफ करना दोस्त, तुम्हारी बातों मे इतना आनंद आ रहा है कि भूल ही गया की दोपहर के भोजन का समय भी हो गया है।

क्या खाना पसंद करोगे दोस्त। सैंडविच, हॉटडॉग, पाशता, मैगी, नूडल्स या फिर तुम्हारा पसंदिता चिकन बर्गर विद डबल चीज और पिज्जा।

ओ दोस्त! ये भोजन नहीं हैं, ये सब मात्र भूख शांत करने वाले खाद्य पदार्थ मात्र हैं।

'पर लिओ तुम्हें तो यह सब बहुत पसंद थे' मैंने कहा।

पहले थे पर अब यह सब ठीक नहीं लगते हैं। कुछ दूध, दलीया, खिचड़ी या फल होते तो अच्छा रहता।

दलीया और खिचड़ी वो भी तेरे इस लंदन शहर में? मजाक मत कर लिओ। यह संभव नहीं हैं यहाँ परंतु दूध और फल मिल जाएंगे लिओ।

बहुत अच्छा, ये ही ले आओ दोस्त।

'लियो मैं भी आपके साथ ये ही भोजन लूँगा' कहते हुए मैं किचन से फल और दूध लेकर आ गया था।

'हम खाना खाते-खाते बात करते हैं लियो, तुम जारी रखो, मुझसे रुका नहीं जा रहा है' मैंने कहा।

'नहीं दोस्त, भोजन करते समय बात नहीं करनी चाहिए। इससे हम भोजन के वास्तविक रस का आनंद नहीं ले पाते हैं' लिओ ने मुझे टोका।

ठीक है दोस्त, जैसा तुम कहते हो।

थोड़ी देर में हमने भोजन किया और मैं लियो से आगे की कहानी बताने की जिद करने लगा।

'हाँ लियो ज्ञान की देवी से तुम्हारी क्या बात हुई?' मैं उत्सुकता में पूंछ रहा था।

जैक्सन मेरे अभिवादन के बदले उन्होंने मेरा बहुत ही गर्मजोशी से स्वागत किया और कहा की मेरे पिता ने बताया था कि आप बड़े ही सुलझे हुए और समझदार व्यक्ति मालूम पड़ते हैं।

वह योगी पुरुष आपके पिता हैं? मुझे उन्होंने बताया नहीं। माफ कीजिएगा मैंने उन्हें काफी परेशान किया है।

मेरे पिता आपके आचरण से बड़े ही खुश हैं। आप को ऐतराज नहीं हो तो आप आज से हमारे साथ इस कुटीया में रह सकते हैं।

उसके ऐसा कहते ही मैंने तुरंत हाँ कर दिया जैक्सन।

उसके बाद कुछ महिलाएँ वहाँ आ गई थी। ज्ञान की देवी ने अपने पिता योगी पुरुष से कहा की काका आप मेहमान को इनकी ठहरने की जगह दिखा दीजिए और आराम करने दीजिए।

तब प्रेम की देवी उन महिलाओं से बातचीत करने में व्यस्त हो गई और उस योगी पुरुष ने मुझे मेरे ठहरने की जगह दिखाई जो कुटीया के बगल में बनी हुई थी।

जैक्सन मेरे प्रति उनका इतना अच्छा व्यवहार था कि मैं तो आनंद से विभोर हुआ जा रहा था।

'लियो मैं तो समझा था ज्ञान की देवी कुछ अवतार रूप में होंगी' मैंने कहा।

मैं भी ऐसे ही सोचा था जैक्सन पर तब भी उनका बात करने का तरीका, उनका व्यवहार, उनके चेहरे की पूर्णता बता रहे थे कि वह मानवीय रूप में दैवीय ही थी।

'फिर क्या हुआ लियो? मुझे लग रहा है तुम्हारी सारी बातें एक ही सांस में सुन लूँ, जल्दी बताओ दोस्त' मैंने अधीरता में कहा।

फिर दोपहर में थोड़ी देर के लिए मेरी आँख लग गई थी। कुछ समय पश्चात उस योगी पुरुष ने मुझे जगाकर दोपहर का भोजन ग्रहण करने के लिए निवेदन किया।

भोजन के बाद वह योगी मुझे खेतों की तरफ ले गया। उसने मुझे कुए के पीढा पर बैठने के लिया बोला और कहा की देखो और सीखो खेतों में कैसे काम करते हैं।

दोपहर से शाम तक वह खेत में काम करते रहा और मैं उन्हें बहुत ही ध्यान से देखते रहा।

शाम को वह योगी पुरुष ने कुए पर ढाणे में बचे पानी से अपने हाथ-पैर साफ किया और फिर हम दोनों वापस कुटिया में आ गए।

ज्ञान की देवी ने हमे पहले हाथ-मुँह धोने के लिए एक मिट्टी के बर्तन में पानी दिया।

फिर वह वहीं पेय पीने के लिए लेकर आ गई जो उस योगी पुरुष ने मुझे उस झोंपडी में पिलाया था।

ज्ञान की देवी की कुटिया में दो गाएँ भी थी। वह योगी पुरुष ही उनकी देखभाल करता था।

उस छोटे से घर में पिता और बेटी के अलावा मैं एक तीसरा मेहमान रहने लगा था।

ज्ञान की देवी खाना बनाने और घर के छोटे-मोटे कामकाज निपटा कर हस्तलिखित प्राचीन ग्रंथों का अध्ययन करती रहती थी। जो ग्रंथ जीर्ण अवस्था में थे उन ग्रंथों का वह दुबारा लकड़ी की बनी कलम और प्राकृतिक स्याई से प्रतियां बनाती रहती थी।

वह प्रात: काल वहाँ के बच्चों को इन प्राचीन ग्रंथों का अध्ययन भी करवाती थी।

उस वृद्ध योगी से मैंने एक बार ज्ञान की देवी के बारे में और अधिक जानना चाहा। उन्होंने मुझे बताया था कि ज्ञान की देवी का वास्तविक नाम किरण है। वह बचपन से ही ज्ञान प्राप्ति में रुचि लेती थी। दिन भर गाँव के लोगों की सेवा करती रहती थी। जब वह थोड़ी समझदार हुई तो उसने मुझसे कहा कि काका मैं सभी प्राचीन ग्रंथों का अध्ययन करना चाहती हूँ। उसने यह भी प्रण ले रखा है कि वह जीवन भर ब्रह्मचर्य का पालन करेंगी।

नि:स्वार्थ लोगों की सेवा करने, उनसे अतुलनीय प्यार, दुलार और सेवा करने की वजह से आज वह ज्ञान की देवी के रूप में जानी जाती हैं। लोग उनको प्रेम की देवी भी कहते हैं। इससे ज्यादा तुम हमारे साथ रहते-रहते जानने लगोगे।

आसपास के गाँव में जब भी कोई सलाह या मार्गदर्शन चाहिए होता है तब सब लोग ज्ञान की देवी के पास आते हैं। इसलिए लोग इनको ज्ञान की देवी भी कहते हैं। प्रेम की देवी स्वयं मे अलौकिक नहीं हैं पर उनके मन प्रज्ञा में स्थित प्रेम, करुणा, निस्वार्थ सेवा भाव और उनके अतुलनीय ज्ञान ने ही उनको इस पदवी तक पहुंचाया है।

8

दिन का अंतिम प्रहर बीतने को था। सूर्य पहाड़ों की औट में जा चुका था और चंद्रमा अपनी शीतल चाँदनी के साथ आगाज करने को आतुर था। उस योगी पुरुष ने मुझे उस मुख्य सिंहासन को नमस्कार करने को कहा।

थोड़ी देर बाद उसने कहा की आज पूर्णिमा की रात है और इस रात को आसपास के क्षेत्र के सभी ज्ञानवृद्ध लोग यहाँ पर एकत्रित होकर ज्ञान और विद्या तथा भविष्य की योजनाओं पर देर रात तक चर्चा करते हैं।

रात्रि के प्रथम पहर में सभी लोग वहाँ एकत्रित होना शुरू हो गए थे। महिलायें, पुरुष, युवा, बच्चे सभी लोग मौनपूर्वक ऐसे बैठना शुरू कर दिए मानो सबकी बैठने की जगह पूर्वनिर्धारित हो।

थोड़ी देर बाद ज्ञान की देवी वहाँ आई। वहाँ आते ही उसने पास के पीपल और बरगद के बड़े-बड़े दरख्तों की तरफ मुंह करके उसी तरह उनका अभिवादन किया जैसे थोड़ी देर पहले सभी लोग उनका अभिवादन कर रहे थे।

मेरे आश्चर्य का यह वृहद रूप था जब मैंने उसे मुख्य सिंहासन पर बैठे देखा। एक नारी उस ज्ञान सभा की प्रधानता कर रही थी और वह भी युवा अवस्था की।

वह मंद एवं मृदु आवाज में कहने लगी।

'हे दुनिया के महान दार्शनिकों, बुद्धिजीवियों! मैं आपको याद कर नमन करती हूँ। समय-समय पर आपने इस दुनिया का जो मार्गदर्शन किया है उसके लिए आप सब लोगों का आभार व्यक्त करती हूँ। मैं ऐसा भी मानती हूँ की आप सब लोग भिन्न-भिन्न विचारो के प्रतिनिधि रहे

हैं पर आपके इन अलग-अलग विचारों ने ही इस दुनिया को एक सुन्दर बगिया का रूप दिया है। मैं इस चौपाल में उपस्थित सभी ज्ञानी जनों को भी नमन करती हूँ।

मैं आपको याद दिला दूँ की आपने इस दुनिया को वहां ला खड़ा किया है जहाँ पर बुद्धिमानी का नेतृत्व हो गया है। यह एक बहुत ही अच्छी बात है। परन्तु जैसे-जैसे नए कालखंड जुड़ते जा रहे हैं दुनिया तर्क और बुद्धि की दासी होती जा रही है। भौतिकवाद ने इस दुनिया को अपने आगोश में समेट लिया है। प्रेम और सौहाद्र के तत्त्व अदृश्य होते जा रहें है। आप तो जानते हैं कि तर्क और बुद्धि का प्रयोजन सुख और शांति की स्थापना ही रहा है परंतु मैं आपको याद दिल दूँ कि शांति का वृक्ष प्रेम के सर के जल से ही पनपता है। प्रेम के बिना ज्ञान बुद्धिवाद में परिवर्तित हो जाता है जो कि ज्ञान का रुक्ष रूप है।

आज हमारी इस सभा में युवा साथी लियोनाइडस मीराना उस भौतिकवादी दुनिया के कुछ सवालों के जवाब तलाशते-तलाशते हमारे बीच आया है। अब समय हो गया है कि लिओ की बातों से उस दुनिया को जाने और यह समझने की कोशिश करें कि हमारे महान दार्शनिकों के मार्गदर्शन और आपके योगदानों से यह दुनिया कहाँ खड़ी है। लिओ इस सभा में उपस्थित होने का अधिकारी है। यह उस परीक्षा में पहले ही उत्तीर्ण किया जा चुका है। इसके सभी प्रश्नों के मूल को समझना हमारा दायित्व है।

यहाँ उपस्थित सभी विद्वानों से मेरी विनती है कि आप जिस किसी भी विचारों से इस दुनिया को पल्लवित करते आये हैं, उन्हीं विचारों के आलोक में लियो के प्रश्नों पर समय-समय पर प्रकाश डाला जाए।

हमें हमारे मूल शांति की स्थापना के मंत्र को भी लियो को आत्मसात कराना है। ताकि सही अर्थों में प्रेम और शांति के महत्त्व को सभी कालखण्डों के आलोक में समझा जा सके।

लियो से मैं उम्मीद करती हूँ की जब उसके सारे प्रश्नों का उसकी संतुष्टि के अनुसार जवाब मिल जाए तो वह उस ज्ञान को अपने लोगों तक पहुंचाए ताकि यह दुनिया सही दिशा में आगे बढ़ सके' कहते हुए

जैक्सन ज्ञान की देवी ने मुझे भी सभा में अपनी बात रखने का अवसर दिया था।

मैंने उनसे वादा किया जैसा की ज्ञान की देवी ने उस भरी सभा में मुझसे वादा लिया था की जब मेरे प्रश्नों का हल मिल जाए तो जो भी यहाँ से सीखा है उसे पूरी दुनिया में प्रचारित करे अगर उसे लगता है की दुनिया का मार्गदर्शन करने में यह ज्ञान काम आ सकता है।

उन्होंने सबके सामने मेरे प्रश्नों को रखने के लिए कहा। मैं यह कहते हुए अपने प्रश्न बताना शुरू किया कि मैं अपने प्रश्नों के अलावा जीवन का दर्शन भी समझना चाहता हूँ। मेरी इस बात का सभी लोगों ने एक आवाज में समर्थन किया। मैं लियोनाइडस मिराना जानना चाहता हूँ कि मैं कौन हूँ? मेरे जीवन का क्या उद्देश्य है? जीवन में प्रेम का क्या महत्त्व है? एक सच्चे प्रेम की पहचान और प्राप्ति कैसे की जा सकती है? हम सही गलत की पहचान कैसे कर सकते हैं? संबंधों को कैसे संभालें? सफलता क्या होती है? दुनिया विकास की तरफ बढ़ रही है या विध्वंश की तरफ? प्रेम और क्षमा क्या होते हैं? कृतज्ञता का भाव कैसे लाएं? इत्यादि अनेक प्रश्न मैंने धैर्यपूर्वक सबके सामने रखा।

मेरी जिज्ञासा से ज्ञान की देवी की आंखों की चमक बता रही थी कि वह मेरे प्रश्नों से प्रसन्न थी। सभा ने एक स्वर में मेरे प्रश्नों का स्वागत किया। प्रेम की देवी ने उस योगी को इशारे से कुछ कहा और वह योगी मुझे वहाँ से रात्रि विश्राम के लिए कुटिया ले आया।

'ओह लियो! क्या तुम इन प्रश्नों की खोज में सब कुछ छोड़ कर चले गए थे' मैंने कुछ नासमझी जैसी बात कही।

हाँ जैक्सन, तुम्हें ये प्रश्न एकदम सीधे लग रहे होंगे। इनके जवाब शायद एलएसई की लाइब्रेरी में भी किसी पुस्तक में होंगे पर मैं इन प्रश्नों का जीवंत उत्तर चाहता था। अपनी आँखों के सामने घटित होता हुआ।

9

जैक्सन तुम्हें प्रकृति की खूबसूरती का अहसास करना है तो उसके नजदीक जाना होगा। प्रकृति से बातें करनी होंगी। इस वसुंधरा पर तुम्हें सब कुछ जीवंत दिखेगा अगर एक बार तुम्हारा विश्वास प्रकृति पर प्रगाढ़ हो जाता है।

मुझे धवल चाँदनी में वह जगह बहुत मनोरम और अद्‌भुत लगती थी। वहाँ रात्रि में आप उत्तर दिशा में ध्रुव तारा और उसकी हिरनियों को अपनी आँखों से खुले साफ आसमान में चलते हुए देख सकते हो। मैंने वहाँ जाकर ही खुला आसमान, लाखों-करोड़ों टिमटिमाते और आपस में बातें करते तारे, हँसता हुआ चाँद और उससे ठिठोली करती उसकी आभा के अनेक रूप देखे हैं।

मैं सुबह जल्दी उठने लगा था। मैंने पूर्व में भोर का तारा देखा। जैक्सन, यदि तुम ध्यान से देखोगे तो पाओगे की भोर के तारे की रोशनी भी परछाई बनाती है। उस परछाई को ढूँढना मन को शीतलता का अनुभव कराता है।

जैक्सन तुम्हें मानना होगा की वहाँ की सुबह का प्रथम रूप अलसभोर किसी नई नवेली दुल्हन की तरह खूबसूरत और उल्लास लिए था।

अनेक पक्षियों का मधुर आवाज में कलरव करना मन को मोह लेने वाला था। सुबह और शाम का नजारा बड़ा ही अद्‌भुत था। मनुष्य से लेकर पशु-पक्षी तक अलसभोर में ही उठ जाया करते थे।

यह दुनिया कितनी खूबसूरत है इसका अहसास एक बार अपने आपको भौतिक चीजों के बंधन से मुक्त करके अनुभव करो तो तुम्हें

पता लगे जैक्सन। ज्ञान की देवी का कहना था की पिछले जुड़े कुछ काल-खण्डों में मनुष्य अपने द्‌वारा ईजाद की गई चीजों का दास बन गया है। जैसे एक बच्चा सुबह उठकर एक मिट्टी की गाड़ी बनाता है और फिर वह पूरे दिन या फिर जब तक वह गाड़ी टूट नहीं जाती उसी से खेलते खेलते अपना सारा समय गुजरता है। ठीक ऐसी ही दशा आज के मनुष्य की हो गई है।

मनुष्य की स्थिति उस तोते की तरह हो गई जो हीरे जवाहरातों से जड़े पिंजरे में रहते हुये खुशी महसूस करता है जबकि उसकी वास्तविक प्रकृति मुक्त गगन की मुक्त उड़ान में होती है जिसे वह भुला देता है।

ज्ञान की देवी के बताए अनुसार वह योगी पुरुष मुझे आसपास के गावों के भ्रमण पर ले जाने के लिए सुबह जल्दी ब्रह्म मुहूर्त में उठ जाने को बोला और उसने मुझे याद दिलाया की रात में जल्दी सोना क्यों अच्छा होता है।

अगले दिन हम दोनों गुरु चेले की तरह आगे बढ़े जा रहे थे। रास्ते में जहां कहीं कोई व्यक्ति हमसे मिलता तो योगी पुरुष को हाथ जोड़कर नमस्कार करता था। शायद यह वहाँ के अभिवादन की परंपरा थी। चाहे आप किसी को जानते हो या नहीं पर अगर कोई आपके सामने से निकलता है तो एक दूसरे का अभिवादन करना वहाँ की संस्कृति में था।

इस तरह अभिवादन करने के उस योगी ने अनेक फायदे गिनाये थे। अभिवादन के पश्चात अजनबी से बातचीत आगे बढ़ जाए तो दोनों आपस में एक दूसरे के अनुभव बाँट कर, थोड़ा बहुत ही सही पर नई जानकारी प्राप्त कर सकते हैं। अभिवादन से हम अजनबी जगह पर अजनबी लोगों से जुड़ कर सुरक्षित अनुभव कर सकते हैं।

जैक्सन वह सात गावों का एक समूह था जो चारों तरफ से पहाड़ों से घिरा था। सभी सात गाँव के लोगों का उन पहाड़ों से घिरी तलहटी से बाहर निकलने का वहीं एकमात्र रास्ता था जहां पर मुख्यद्‌वार था और जिससे उस योगी पुरुष ने मुझे अंदर आने दिया था। हालांकि वहाँ के लोग कभी भी बाहर नहीं जाते थे।

जैक्सन तुम विश्वास करो की हमारी आधुनिक दुनिया की बनाई हुई एक भी आधुनिक मशीन या कोई किसी भी तरह का कोई सामान वहाँ

नहीं था। उन गाँव समहू का संपर्क आपसी तक ही सीमित था। परंतु तुम ताज्जुब करोगे यह सुनकर की उन लोगों के पास वहीं की स्थानीय चीजों का बेहतर उपयोग की जो कला थी वह हमारे मशीनी युग से कहीं बेहतर थी।

वहाँ के किसी भी गाँव में बिजली नहीं थी पर उनके पास रोशनी के लिए खुद से ईजाद किए गए अपने तरीके थे। आधुनिक सड़कें नहीं थी पर सभी रास्ते चौड़े, खुले और आकर्षक थे।

मैंने किसी भी गाँव में एक भी घर ऐसा नहीं देखा जिसका मुख्य द्वार बंद हो और उस पर ताला लगा हो। जब वस्तुओं पर वैयक्तिक आधिपत्य की धारणा ही नहीं हो तो चोर पैदा ही नहीं होंगे और चोर ही नहीं होंगे तो ताला क्यों? घर में ताला लगाना बताता है कि हम हमारे अलावा सबको चाहे पडोसी हो या कोई काम करने वाले छोटा मोटा कर्मचारी, चोर समझते हैं क्यों की हमारे अंदर भी चोर बैठ है जो दूसरों में अपनी प्रतिछाया ढूंढ लेता है।

एक औरत सुबह-सुबह छाछ बनाने के लिए मिट्टी से बने घर के दरवाजे के दाईं तरफ मिट्टी के बर्तन में दही बाहर लेकर आई और रई को उसमें डुबोकर दोनों हाथों से रस्सी को रई से लपेट कर दही को मथने लगी। वहाँ पर पास में एक कुत्ता बैठा था। वह महिला जब जानवरों को चारा डालने बाहर गई तो जाते-जाते उसने कुत्ते को कुछ इशारा किया। इसारे के तुरंत बाद कुत्ता उस दही के मटके के थोड़ा और करीब आ गया था। मैंने देखा वह कुत्ता कौओं को जो दही के मटके के पास मंडराने लगे थे, को वहाँ से दूर कर देता और उस दही के मटके की सुरक्षा कर रहा था। ओह जैक्सन! वहाँ जानवर और मनुष्य मानों एक दूसरे की भाषा समझते थे।

उस गाँव में आधुनिक पों-पों करने वाली गाड़ियां नहीं थी बल्कि बैलों के गले में बंधी घंटी से मधुर और मोहक आवाज के साथ चलने वाली बैलगाड़ियाँ थी। जैक्सन, मानों टेसला कंपनी ने बिना ड्राइवर की औटोमटेक गाड़ी का कान्सेप्ट ऐसे ही किसी बैलगाड़ी से लिया हो, बैल मानों सब समझते हों, खुद से ही गाड़ी को आगे बढ़ाते और सामने से कोई दूसरी बैलगाड़ी आ जाए तो स्वयं ही इतनी दूरी से रास्ता बना कर चलते

जो हमारी इस दुनिया में तो हम दुर्घटना कर बैठते हैं। वहाँ की बैलगाड़ी एक दुर्घटना मुक्त और स्वचालित साधन था जो प्रदूषण मुक्त भी थी।

जैक्सन मैं यह नहीं कहना चाह रहा कि हम वापस उस बैलगाड़ी के युग में जाएँ, पर दोस्त उनकी खूबियों को हमारे इन मशीनी युग के साथ जोड़ तो सकते हैं।

वहां जो कुछ था वह सब एक स्वप्निल नहीं था बल्कि हकीकत था। वहां की महिलाएं, बच्चे सब इतने उल्लासित थे जितने हमारी इस भौतिकवादी दुनिया में किसी को नहीं देखा। तुम भी उतने खुश नहीं हो दोस्त। तुम्हारी जो ख़ुशी शेयर बाजार में उछाल देखकर होती है वह भी उनके उल्लास के सामने कुछ भी अस्तित्व नहीं रखती है। खूबसूरत और हसीन नृतकियों से भरे क्लब में अपनी पसंद की वाइन पीते हुए भी मैंने वह उल्लास अनुभव नहीं किया था जितना वहाँ के लोग सामान्य परिस्थितियों में अपने को उल्लसित रखते हैं।

मैंने देखा लोग वहाँ की स्थानीय भाषा में गीत गाते हुए खेतों में काम कर रहे होते थे। और यह भी की जिसके खेत में काम पहले पूरा हो गया होता था तो वह दूसरे की सहायता करने उसके खेत में काम करवा रहे होते था। वहाँ आपसी सामंजस्य और मिलनसार संस्कृति का साम्राज्य था।

वहां पर पराये जैसा कुछ नहीं था। मैंने देखा की किसी का किसी चीज पर पूर्ण स्वामित्व नहीं था। संपत्ति जैसी चीजे वहां नहीं थी। संपत्ति को वो लोग आने वाली पीढ़ियों की धरोहर मानते थे।

वहाँ हर कोई सहज रूप में जीवन यापन कर रहा था। गुस्सा, नाराजगी, दुःख, चिंता क्या होती है, उनके जीवन मैं ऐसा कुछ नहीं था। न ही वहां पर पाप और पुण्य पर कोई चर्चा सुनी। वहां पर केवल और केवल प्रेम का साम्राज्य था। और जहाँ प्रेम है वहां सब सात्विक होता है।

10

जैक्सन वहां पर मैंने एक सौ बीस साल की एक महिला देखी जिसका चेहरा कान्ति से दमक रहा था मानों उम्र का कोई असर ही नहीं हो। मेरी बात मानना दोस्त, मैंने वहां के एक भी व्यक्ति के चेहरे पर शिकन और माथे पर लकीरे नहीं देखी।

वापस आने पर जब मैंने ज्ञान की देवी से पूंछा की उस वृद्ध महिला में इस उम्र में भी इतनी फुर्ती और सौन्दर्य का इतना निदर्शन कैसे है? तब ज्ञान की देवी ने मुझे बताया की यहाँ यह कोई बड़ी बात नहीं हैं। 'यहाँ पर आपको इससे भी ज्यादा उम्र के लोग देखने को मिलेंगे। यह यहाँ के जीवन की आम बात है। इसके बाद उन्होंने मुझे बताया कि कैसे यौवन और वय को अनंत समय तक बनाये रखा जा सकता है। हमारे यौवन का श्रौत हमारे अन्दर सुप्तावस्था में पड़ा रहता है जिस पर हम हमारी महत्त्वाकांक्षाओं को पूरा करने के लिए अनेक चिंताओं का पर्दा डाल देते हैं और बहुत ही कम उम्र में अधिक उम्र के शिकार हो जाते हैं। कैसे हमारी इच्छाएं पूरी नहीं होती हैं तो हम चेहरे पर मायूसी के बादलों को मंडराने देते हैं। हममें धैर्य की बड़ी कमी होती है जिससे हम जल्दी पाने की चाहत में बहुत कुछ खो देते हैं जो हमें धैर्य रखने पर प्राप्त हो सकती थी' ज्ञान की देवी मुझे समझाए जा रही थी जैक्सन।

जैक्सन मैंने अपनी यात्रा के दौरान अपनी आँखों के सामने घटित हुई एक वास्तविक घटना तुम्हें बताता हूँ। जब मैं अपनी यात्रा के दौरान इंदौर नामक शहर के पास के गाँव में कुछ दिन ठहरा था। मैं अपने रास्ते जा रहा था तो मैंने देखा एक चौबीस-पच्चीस साल का युवा एक कुएँ

में छलांग लगा दिया। जैक्सन मैंने उसके छलांग लगाते समय जोर से आवाज देकर रोकने की कोशिश की थी पर उसने मेरी तरफ देखकर भी मेरी एक नहीं सुनी और छपाक से कूद गया। यह देख कर एक पल के लिए तो मेरे हाथ पाँव सुन्न हो गए पर मैंने हिम्मत बँटोरी और मैं दौड़ कर कुए के पास गया और आनन फानन में कुछ सूझा नहीं तो वहाँ पड़ी घास को अपने हाथों में लपेटा और नीचे पानी की मोटर से बंधे प्लास्टिक के तार को पकड़ कर सर्र से नीचे उतर गया। अब मैं बिल्कुल उस लड़के के नजदीक पहुँच गया था। जब मैंने उसकी तरफ देखा तो वह कभी पानी में अंदर डुबकी मारता कभी बाहर आता। बस मैंने उसकी आवाज सुनी तो उसकी हाँफती आवाज में इतना सुनाई दिया- बचाओ...बचाओ। परिस्थिति को समझो जैक्सन, अभी दो मिनट पहले मैं उसे आवाज लगा रहा था की रुको लड़के छलांग मत लगाओ, अपने आप को बचाओ। और देखो पलों के फेर में ही अब वह मुझे आवाज लगा रहा था कि बचाओ...बचाओ। जैक्सन मैं समुद्र की गहराई का बड़ा तैराक उस समय उस छोटे से कुए में नीचे जाकर भी पानी में उतरने से डर रहा था। बिल्कुल ऐसे लग रहा था मानों बड़ी समस्याओं को हम जीत लेते हैं पर छोटी-छोटी समस्याएं हमारे सामने अचानक बड़ी बन जाती हैं और हम उनसे हार मानने वाले ही होते हैं। मुझे लगा जैसे मैं पानी में उतरा तो फिर वापस नहीं आऊँगा। डर गया था मैं, पर मैंने अपने ऊपर काबू रखा और अपनी पतलून उतार कर एक सिरा मेरे पैर के बांध दिया और दूसरा सिर नीचे लटका कर उसे पकड़ने के लिए कहा। इस तरह मैंने उसकी जान बचाई और बाहर आने के बाद मैंने उसे उलटा लिटा कर उसके पेट का पानी बाहर निकाला और उससे ऐसा करने का कारण पूँछा।

जैक्सन, वह लड़का उस वर्ष आयोजित होने वाली सामान्य सिपाही की भर्ती परीक्षा मैं असफल हो गया था और यह बात अपने घर वालों को कैसे बताएगा, इस डर से उसने अपना जीवन समाप्त करना उचित समझा।

मैंने उसे समझाया की मर जाना किसी भी समस्या का समाधान नहीं है बच्चे। अपने से अपनी जान लेना कायरता है। अवसर फिर आएंगे। तुम्हारे देश में तो ऋतुएँ भी दस आती हैं, मौसम तो दिन में दस बार

बदलता है, फिर भी बलदाव पर यकीन क्यों नहीं करते हो बच्चे। यह सब चीजें ठीक वैसे ही हैं जैसे पेड़ों में पत्ते आते रहते और फिर झड़ते रहते हैं, फिर से नई कोंपले खिलती रहती हैं। क्या तुम इन बातों का अर्थ नहीं समझते हो बच्चे। हो सकता है की तुम्हारे जीवन मैं इससे भी अच्छा होने वाला हो और आज की यह असफलता उसकी नींव बने।

उस बच्चे पर मेरी बातें प्रभाव डाल चुकी थी और वह मेरे मना करने के बावजूद भी मुझे जबरदस्ती अपने घर ले गया। घर की हालत ऐसी की उसका परीक्षा में असफल होना उस परिवार के लिए काफी असहनीय था। पर मैंने उनको समझाया कि इतनी ज्यादा आशाएं रखना उचित बात नहीं होती हैं। समय के साथ सब ठीक हो जाएगा। जैक्सन उस परिवार ने मुझे छः महीने तक अपने साथ रखा और इन छः महीनों में उस परिवार में एक जादुई बात घटित हुई।

उस लड़के का वहाँ के राज्य सर्विस कमिशन की परीक्षा के लिए बुलावा पत्र आया और जैक्सन प्रकृति की शक्तियों का बदलाव देखो, उस आत्महत्या करने वाले लड़के का डीएसपी रैंक पर चयन हो गया। यह है धैर्य की ताकत। बुरे समय को अगर हम निकाल देते हैं तो निश्चय ही सुखद पलों का आगमन होता है। अगर उसका चयन उस समय एक सिपाही के पद पर हो गया होता तो उस समय वह उसका प्रशिक्षण ले रहा होता जब वह पीसीएस की तैयारी कर रहा था। उसका सिपाही की परीक्षा मैं असफल होना उसके डीएसपी बनने के लिए आवश्यक था और यह बातें प्रकृति के अलावा केवल वहीं समझ सकता है जिसका दोस्त धैर्य है।

ज्ञान की देवी ने मुझे बताया कि कैसी भी परिस्थितियाँ हो ज्यादा सोच-सोचकर अपने आपको दुःखी नहीं करना चाहिए। अगर इन दुःख के बादलों के पार तुम मुक्त गगन में नृत्य करती हुई ख़ुशी चाहते हो तो तुम्हें अभी उठ खड़ा होना होगा और वास्तविक समाधान की तरफ अपनी पूरी ऊर्जा लगा देनी होगी। तभी तुम तुम्हारी ख़ुशी के साथ गगन फलक पर अपने नृत्य के सपने को पूरा सकते हो।

उन्होंने बताया की लोग चिंता के मारे अपने को बहुत दुःखी रखते हैं जबकि जिन बातों की चिंता हम करते हैं उनमें से अधिकतर चीजें उस

चिंता के अनुरूप कभी घटित ही नहीं होती हैं और अगर घटित हो भी जाएँ तो उन चीजों को अपने अनुरूप बदल लेना चाहिए।

उन्होंने मुझे बताया की हमें स्वयं पर विश्वास कर हमारे आसपास घटित होने वाली घटनाओं को अपने अनुरूप परिवर्तित कर सकते हैं।

जब हमारे साथ कोई अनहोनी घटित होती है तो यह हमेशा याद रखो की उस अनहोनी घटना की परिधि में ही अनेक शुभ चीजें चक्कर लगा रही होतीं हैं। ऐसे समय में अपने विवेक को धैर्य की लगाम पकड़ने दीजिए और देखिए कैसे आप उस अनहोनी घटना से एक नया अवसर तलाश कर लातें हैं। बस जरूरत है कि उस समय नकारात्मक विचारों और दुःख के बादलों से घिरे मत रहिए। आशा की किरणों को अपना काम करने दीजिये' ज्ञान की देवी बड़े ही सहज और गंभीर मुद्रा में कहे जा रही थी।

जैक्सन, यात्रा के दौरान एक दिन मुझे एक वृद्धाश्रम में रुकने का अवसर मिला। उस आश्रम का संचालक विचारों से बड़ा ही सुलझा हुआ और मानवीय सेवाभाव का अनुगामी लगता था। उस रात उसने मुझे बताया की वह दस वर्षों से यह आश्रम चला रहा है और किसी से एक रुपये की भी दान दक्षिणा नहीं लेता है बल्कि यहां रहने वाले लोगों के द्वारा बनाई हस्तशिल्प की वस्तुएं बेचकर ही इनके खाने पिने और अन्य जरुरी चीजों की व्यवस्था करता है। पर चूँकि आश्रम काफी सारी मरम्मत के इन्तजार में था और वह थोड़ी और जगह बढ़ाना चाहता था ताकि कुछ और लोगों के यहां रहने के आवेदनों पर विचार किया जा सके। इसलिए वह बहुत दिनों से कोशिश कर रहा था की कहीं से कुछ दान मिल जाए परन्तु उसे असफलता ही हाथ लगी। उसने सरकारी विभाग में भी आवेदन किया था पर सब मेहनत बेकार गई। इसके ऊपर से एक दिन आश्रम में आग लग गई जिसने आश्रम के अधिकतर हिस्से को राख में तब्दील कर दिया था। हमारे लिए वह दिन किसी काले दिन से कम नहीं था। हम सब बहुत दुःखी और निराश थे। निराशा के उन पलों में एक विचार कौंधा कि क्यों न इस मौके को भुनाया जाए। मैं वहां के स्थानीय पत्रकार के पास गया और उसे आश्रम के जलने की सूचना देकर निवेदन किया कि अगर वह आश्रम के जलने की घटना के साथ कुछ सहायता के

लिए भी दो शब्द छाप दे तो कहीं से अवश्य ही सहायता मिल सकती है। और हुआ भी ठीक ऐसे ही। आने वाले दो दिनों में उस क्षेत्र का विधायक और सांसद, एसडीएम और जिलाधिकारी के साथ घटना का मुआयना करने यहां आये। उन्होंने आश्रम की हालत देख उसके पुनर्निर्माण के लिए बहुत सी धनराशि भी प्रदान की। कुछ धनराशि अन्य लोगों के द्वारा भी प्राप्त हुई। इस तरह जो नया आश्रम बना वह पहले से दुगुना बड़ा और आज एक नव निर्माण के साथ खड़ा था। उस दिन आश्रम में आग का लग जाना हमारे लिए अच्छा साबित हुआ जब उन मुश्किल के पलों में उस घटना को हमने अपने अनुरूप परिवर्तित कर दिया। अगर हम मुश्किल पलों में धैर्य और विवेक से काम लें तो अवश्य ही बुरी घटना को भी एक अवसर में बदल सकते हैं।

11

प्रेम और क्षमा के बारे में प्रेम की देवी ने मुझे समझाया था कि एक बार किसी पर विश्वास कर लो तो उस पर बेंइंतहाँ विश्वास करने की ताकत अपने में विकसित करो। तुम केवल विश्वास करते रहो, उसका प्रमाणीकरण सामने वाल खुद कर देगा। अगर वह गलती करता है या प्रमाणीकरण में असफल होता है तो आप उसकी गलती का बोझ अपने मस्तिष्क में न बिठाएं। याद रखें यह काम आप उसे क्षमा करके ही कर सकते हैं। जब आप प्यार करना सिखते हैं तो क्षमा करना भी सिखते हैं। बिना क्षमा के प्रेम अधूरा होता है। आप किसी को क्षमा नहीं कर पा रहें हैं तो यह मत कहिये की आपने उस व्यक्ति पर बहुत विश्वास किया था या उससे बहुत प्यार किया था, कि उसने आप के साथ अच्छा नहीं किया। क्षमा नहीं कर पाने का मतलब है की आपने अपने मन में उसके प्रति गुस्से का पौधा पाल रखा है और आपका अहं उसको सिंचित करता रहता है। इसी अहं का परिणाम है आपका गुस्सा। याद रखिए गुस्से में आप अपनी शक्तियां आधी कर लेते हो, इसलिए क्रोध को पीना सीखिए। प्रेम और विश्वास दो ऐसे साथी हैं जो आपकी शक्तियों को दुगुना कर देते हैं।

क्षमा नहीं करना आपको विपरीत दिशा में ले जा सकता है। विपरीत भावना आपसे वह काम करवाती है जिसे करने की आपने कभी सोची ही नहीं थी। यह एक अनेपक्षित चीज है जो आपका समय और उर्जा दोनो नष्ट करती है और इन दोनों के नष्ट होने का अर्थ है आप जीवन में आगे बढ़ने में स्वयं ही अपने विरोधी की तरह खड़े नजर आ रहे हो। सोचो यह स्थिति उसी प्रकार की है की एक बैल अपने सींग खुद के ही मार रहा है या

फिर कहें की एक पागल कुत्ता गोल-गोल घूमता हुआ खुद को ही काटने की कोशिश कर रहा है।

याद करो बचपन के दिनों को, जब तुम दोस्तों से लड़कर वापस उनके साथ खेल रहे होते थे। तब कैसे हम नए पल के साथ नव जीवन में प्रवेश कर जाया करते थे।

प्रेम अवसर माँगता है। अवसर दीजिए। कोई आपसे कहता है की मुझे मेरे प्रेम को सिद्ध करने के लिए एक अवसर और चाहिए, तो उसे अवसर दीजिए। उसे अनेक अवसर दीजिए। कोई सकारात्मक करने की कोशिश करता है तो उसे सैंकड़ों अवसर भी दिए जा सकते हैं।

वह प्रेम ही क्या जो आपको बंदी बनाता है। वह प्रेम ही क्या जो आपको छोड़कर चला जाता है। वह प्रेम ही क्या जो यकायक खत्म हो जाता है। प्रेम का वास्तविक स्वरूप आपको स्वतंत्रता देता है। आपके मस्तिष्क को विस्तार देता है। देह मिलन से दूर रूह मिलन का परिणाम है प्रेम। प्रेम से प्रेरित होकर हम अपार ऊर्जावान बनते हैं।

12

एक दिन प्रेम की देवी ने मुझे भावनाओं का महत्त्व समझाया की कैसे ज्यादा भावनात्मक होना हमारे जीवन को संकट में डाल देता है। यह बात उन्होंने मुझे एक कहानी के माध्यम से समझाई थी जैक्सन।

उन्होंने कहा कि 'यह बहुत पहले की बात है, एक जंगल में रहने वाला जनजाति युवा परिवार के लिए फल बटोरने जंगल की तरफ गया। जंगली जानवरों से अपनी सुरक्षा हेतु कंधे पर तीर धनुष लिए वह जंगल में आगे बढ़ते जा रहा था। अचानक उसे उस जंगल की खूबसूरत प्रजाति की एक बहुत ही सुन्दर हिरण दिखाई दी। एक पल के लिए वह बहक गया और उसने अपनी प्रत्यंचा पर तीर रखा ही था कि उसके अंतर्मन से आवाज आई की निर्दोष और निर्बल प्राणी की जान लेना उचित नहीं हैं। उसने तुरंत प्रत्यंचा से तीर हटाया और कुछ सोचने लगा। ये खूबसूरत हिरणियाँ इस अरण्य की शोभा हैं। इनकी वजह से ही तो इस जंगल का नाम 'खूबसूरत हिरणियों वाला अरण्य' है। इसे मैं नहीं मार सकता। वैसे भी मैं फल लेने निकला हूँ। ऐसा सोचते हुए वह आगे बढ़ता जा रहा था। थोड़ी दूर जाने पर उसने देखा की एक उतनी ही ख़ूबसूरत हिरणी के पैर में काँटा लगा है और वह अपने तीन पैरों पर लंगड़ाते हुए चली जा रही है। जनजाति युवा एक पल के लिए रुका और सोचा क्यों ना मैं इसके पैर का काँटा निकाल दूँ। कहीं गलती से कोई हिंसक जानवर आ गया तो इसे आसानी से शिकार बना लेगा। वह काँटा निकालने आगे बढ़ा ही था की हिरण अपने तीन पैरों पर तेज-तेज दौड़ने लगी। न ही तो वह जनजाति युवा शिकारी था और न ही वह हिरण किसी तीर का लक्ष्य परन्तु वह

हिरणी उस जनजाति पर विश्वास नहीं कर पा रही थी। युवा समझ गया था की इसने तीर धनुष लिए पहले भी किसी शिकारी को शिकार के लिए अपने पीछे दौड़ते हुए देखा होगा। शायद इसने इस तरह की समस्याओं के अनेक थपेड़े खाए होंगे। शायद यह मेरे पास जो तीर धनुष हैं उन्हें देखकर मुझ पर विश्वास नहीं कर पा रही है।

उस युवा लड़के की उस हिरण की सहायता करने की भावनाएं इतनी प्रबल होती जा रही थी कि वह किसी भी कीमत पर उसकी सहायता करना चाहता था। भावनाओं के अति उच्च ज्वार में बहकर उसने अपनी सुरक्षा के लिए रखे उस तीर धनुष को उस हिरणी को विश्वास दिलाने के लिए फेंक दिया।

फिर भी वह हिरणी दौड़ती रही। युवा ने जंगल की भाषा में ही उसे समझाया की मैं तुम्हारा शिकार नहीं करूँगा। मैं तुम्हें विश्वास दिलाता हूँ कि काँटा निकलने के बाद चाहो तो अपनी राह पर आगे बढ़ सकती हो। और अगर मेरे साथ रहना चाहो तो जीवन भर मैं तुमसे प्यार करुंगा और हमेशा अपने साथ रखूँगा। मैं तुम्हे पालतू जानवर की तरह बांधकर भी नहीं रखूँगा। मैं तुम्हारी आजादी पर कहीं रोक नहीं लगाऊंगा।

उसकी बातें सुनकर वह हिरणी एक पल के लिए रूक गई मानों उसे उस जनजाति युवा की बातों पर विश्वास हो गया हो। आदिवासी के चेहरे पर उसे रुका देख संतोष के भाव उभर आये थे। पर यह क्या, अगले ही पल वह फिर दौड़ने लगी। कभी रुकती, कभी दौड़ती, इस तरह की आँख मिचोली में वो दोनों जंगल में काफी आगे बढ़ चुके थे।

अब तक उसकी मासूमियत, जंगल की भयावता देखकर दौड़ते-दौड़ते उस जनजाति युवा का मन उस हिरण से इतना जुड़ गया था कि वह उसके पीछे-पीछे उसकी सहायतार्थ, स्वयं का उसके प्रति सम्मोहन और अतिभावुकता में वह घने जंगल के बीचों-बीच पहुँच गया था। अचानक उस घने जंगल में वह हिरण दिखाई देना बंद हो गई, मानों वह अचानक से गायब हो चुकी हो। जैसे ही वह निहत्था जनजाति युवा इधर-उधर देखता है तो पाता है कि वह एक शेर के परिवार के सामने पहुँच चुका है। फिर क्या था, शेरनी ने दहाड़ लगायी और बोली, हम जब आप इंसानों के पास नहीं जाते हैं तो तुम मनुष्य हमारे इस इलाखे में क्यों

आये हो? देखो मेरे छोटे-छोटे बच्चे कितना डर गए हैं।

तभी वहाँ उस परिवार का मुखिया जंगल का राजा शेर भी शिकार लेकर आ गया था।

शेरनी ने गुस्सा जताते हुए शेर से कहा की इस मनुष्य ने मेरे छोटे-छोटे बच्चों को डरा दिया है। इसे आप तुरंत मार गिराएं।

जनजाति युवा हाथ जोड़े काँपते हुए जिंदगी की भीख मांग रहा था। उसने शेर को हिरणी के पीछे-पीछे आने की घटना भी बताई और जाने के लिए निवेदन करने लगा।

शेर ने शेरनी से कहा कि यह युवक यहाँ किसी को हानि पहुचने नहीं बल्कि किसी की सहायता करने की भावना से आया है। चूंकि मैं जंगल का राजा हूँ तो मुझे सभी के प्रति न्याय दर्शाना है। इसलिए इसे माफ कर देते हैं और जाने देते हैं।

यह सुनते ही शेरनी की आँखें गुस्से से लाल हो गई और उसने शेर से कहा की जंगल का न्याय जंगल में रहने वालों के लिए है। यह इस जंगल का निवासी नहीं है, इसलिए आपके न्याय की बात यहाँ कोई मायने नहीं रखती। और एक माँ भी अपने बच्चों के लिए न्याय मांग रही है।

शेर ने शेरनी को बहुत समझाने की कोशिश की परंतु शेरनी टस से मस नहीं हुई और उस शेर को उस जनजाति युवा को मार डालना पड़ा।

उसे मारने से पहले शेरनी ने उससे कहा कि 'मुर्ख मानव, तेरा उस हिरणी पर किया गया अतिविश्वास और सम्मोहन, भावुकता निर्देशित प्रेम आज तेरी मृत्यु का कारण बनेगा।

'इस तरह लिओ, जनजाति युवा जो अपने परिवार के लिए फल लेने के जिम्मेदारी भरे उत्तम उद्देश्य से भटक कर अतिभावुकता में उस सुन्दर हिरणी के जीवन में रौशनी और खुशियाँ लाने के लिए उसका सम्मोहन, अतिविश्वास और अतिस्नेह उसकी मृत्यु का कारण बना जबकि उसकी भावनाएं सच्ची और निःस्वार्थ थी' ज्ञान की देवी ने कहा।

13

जैक्सन ज्ञान की देवी ने मुझे आत्मगौरव से बचने और मदद के महत्त्व के विषय में भी समझाया था। उन्होंने कहा था कि जीवन में बहुत बार ऐसे अवसर आते हैं जब हमें किसी की मदद की जरुरत पड़ती है। चाहे भौतिक चीजों को लेकर हो या फिर सलाह और मार्गदर्शन की। साथ ही अनेक बार दूसरों को भी इन्हीं अर्थों में हमारी जरुरत पड़ती है। दोनों ही स्थितियाँ हमारे व्यक्तित्व निर्माण में महान भूमिका निभाती हैं। मदद मिलने पर हम जीवन में आगे बढ़ते हैं और मदद करने से दूसरों की नजरों में महान बनते हैं। मदद पाकर हम आगे बढ़ते हैं जबकि मदद करके महान'।

कुछ लोगों को यह भ्रम रहता है की आज जिस मुकाम पर मैं पहुंचा हूँ उसकी वजह मैं स्वयं हूँ। और यह कि मैंने बिना किसी की सहायता लिए यह मुकाम हाँसील किया है। ऐसी सोच उन लोगों को नकारात्मक बनाती है। आप केवल इतना कह सकते हैं की लोगों की मदद और मेरे होंसेले की वजह से मैं यहाँ तक पहुचा हूँ। जरा सोचिए आपके माता-पिता ने आपके लिए क्या कुछ नहीं किया। पाला-पोषा, अतुलनीय प्यार भरी माता-पिता की गोद, लड़खड़ाहट से दौड़ने वाले पाँव, कल्पना और गल्प ख्यालों की दुनिया से निकाल कर तुतलाती जबान को ज्ञानवाणी में बदलने वाले माता-पिता के योगदान का क्या? आपके बचपन से लेकर अब तक के दोस्त, हर वह व्यक्ति जिसके सामने आपने अपने आपको सिद्ध करने के लिए दुगुनी मेहनत की थी। आपके अध्यापक, हर वह व्यक्ति जिसकी आपने कभी भी किसी भी रूप में बात मानी हो। प्रकृति के बदलते मौसम,

चाँद, तारे, सूरज, दिन और रातें जिन्होंने तुमको व्यवस्थित और खुश रखा। इन सब को कैसे भूल सकते हो? इन सब की वजह से आप इस मुकाम तक पहुंचे हो जिस पर तुमने अपने अहं में आकर स्वयं का हक जता रहे हो। 'सेल्फ मेड पर्सन' एक मिथ्या सिद्धांत है जिसके अनुयायी आत्ममोही होते हैं।

इसलिए अगर सकारात्मक और गतिशील रहना चाहते हो तो अपने मददगारों को जीवन में कभी नहीं भूलें। तभी आप अपना हृदय उदार बना पाओगे और लोगों की मदद करने में आपको खुशी का अनुभव होने लगेगा। दूसरों की मदद कर और मदद लेकर आप अन्यों के साथ प्रेम का रिश्ता जोड़ पाओगे। तुम्हें विश्वास करना चाहिए की प्रेम का वृक्ष सैंकड़ों वटवृक्षों से भी अधिक विशाल होता है।

मदद करने के लिए पहले आपको मदद करने लायक बनाना पड़ता है। अगर आपके पास ज्ञान की शक्ति नहीं है तो आप किसी को उचित सलाह तक नहीं दे सकते हो। अगर कोई तुमसे उचित सलाह देने की मदद माँगता है तो बिना ज्ञान के आप उसकी मदद कैसे करोगे? अगर मदद करने का भाव आपमें है तो आप अपने ज्ञान की वृद्धि का रास्ता खोज लोगे। यह है मदद की असली ताकत। इसलिए लिओ जीवन में मददगार बनने की इस दुनिया को बहुत जरूरत है और हमें सभी के प्रति कृतज्ञता ज्ञापित करते रहना चाहिए।

जैक्सन इस तरह ज्ञान की देवी अपनी सरस और मृदु वाणी से उपदेश दे रहीं थी।

14

जैक्सन एक दिन प्रेम की देवी ने मुझसे पूँछा कि मेरा सपना क्या था जब मैं अपना अध्ययन पूरा करने वाला था।

'फिर तुमने बोल दिया होगा कि तुम सबसे धनी इंसान बनना चाहते थे' मैंने कहा।

हाँ जैक्सन, मैंने बिल्कुल ऐसा ही कहा था।

फिर प्रेम की देवी ने क्या बोला लियो?

उन्होंने मेरे सपने को अधूरा और दूसरों द्‍वारा थोपा हुआ सपना कहा। उसने कहा की "तुम्हारे वास्तविक सपने वह नहीं हैं जो तुम्हें सिखाए गए हैं, बल्कि तुम्हारे सपने वह हैं जो तुम्हें तुम्हारा अंतर्मन दिखाता है।"

उन्होंने मुझसे कहा की सपने देखना गलत नहीं है परंतु उस सपने को तुमने अगर अपने अंतर्मन से प्रमाणित नहीं करवाया तो वह तुम्हारा नहीं बल्कि किसी और का या परिस्थितियों द्‍वारा तुम्हें सौंपा गया सपना है जिसे तुम अपना समझ कर उसे पूरा करने में लगे हो। पूरा हो भी गया तब भी तुम वहीं खड़े हो जहां से तुमने शुरुआत की थी।

उस दिन प्रेम की देवी नें मुझे बताया की सपने देखने से जरुरी है सपने को समझना और उसे अपनी आत्मिक शक्तियों से प्रमाणित करवाना। यह ऐसा ही है जैसा की मानों उस सपने को अब आप अपना कह सकते हैं। इस तरह तुम अपने सपने पर अधिकार जाता पाओगे। अपने सपने पर अपना अधिकार उस सपने की तरफ बढ़ा हुआ पहला कदम है।

परंतु सपने को अंतर्मन से प्रमाणित कैसे करवाएं, क्या तुमने यह प्रेम की देवी से पूँछा लियो? मैंने जिज्ञासा भारी नजरों से देखते हुए कहा।

हाँ, उन्होंने उसकी एक प्रक्रिया भी बताई थी जिसे अभ्यास के साथ सिखा जा सकता है। उन्होंने मुझे बताया था कि सपने का प्रमाणीकरण ही सपने के सही और गलत होने का आधार है। इसलिए इसके लिए तुम्हें बहुत ही शांत चित्त रखने की आवश्यता है। यह 'सपने के प्रमाणीकरण की प्रक्रिया का प्रथम सोपान है।' शांत चित्त एक प्रकार से समाधि की अवस्था है। यह कोई जादुई बात नहीं है जैक्सन, यह एक व्यक्तिगत चेतना को सक्रिय करने जैसा ही है। व्यक्तिगत चेतना का सक्रिय होना आत्मा का सार्वभौमिकरण होना ही है।

लियो तुम्हारी बातों में बहुत आनंद आ रहा है पर माफ़ करना दोस्त ये तुम्हारे बड़े-बड़े शब्द समझ नहीं आ रहे हैं। क्या तुम थोड़ा आसान शब्दों में समझा सकते हो?

हाँ जैक्सन, उस समय मेरी भी यहीं हालत थी जब प्रेम की देवी मुझे यह बातें बता रहीं थी। मेरे चेहरे के हावभाव देख कर वह समझ गई थी इसलिए उन्होंने मुझसे कहा की यह बातें आसान हैं। तुम्हें धैर्य रखना चाहिए। यह बातें एक महान देश की महान संस्कृति की बातें है। उन्होंने उस दिन मुझे उस देश की ज्ञान परंपरा के बड़े ही विद्वत महापुरुष पतंजलि का योगशास्त्र देते हुए कहा की काका तुम्हें इसे इसकी हमारी बातचीत से जुड़ी प्रासंगिक बातें समझा देंगे।

लियो यार ये तुम्हारे काका बोलते कम हैं, इसारे से ज्यादा समझाते हैं। क्या उन्होंने यह ग्रंथ भी इशारों से ही समझाया या काका के कंठ में भी कोयल कुंजी। माफ़ करना दोस्त, काका की बुराई नहीं कर रहा। बस जानना चाह रहा हूँ कि काका कम बोलकर भी सारे काम सटीक रूप से कैसे कर लेते हैं।

काका का मानना है की उतना ही बोलना चाहिए जिसे बोलना जरूरी हो। अगर आपके बोले गए शब्दों में से कुछ शब्द निकाल दें और तब भी सामने वाले को बात समझ आ जाए तो मान लीजिए आप अन्यथा बोल कर अपनी ऊर्जा व्यर्थ में नष्ट कर रहे हैं।

काका मुझे अगले दिन खेत पर ले गए और उन्होंने मुझे मन को एकाग्र करने की शिक्षा प्राप्त लेने के लिए तैयार होने को कहा। और कहा की आज मैं तुम्हें इस लहलहाते खेत के ग्यारह सौ मक्के के पौधों वाले खेत की कहानी से जुड़ा प्रश्न करूंगा।

मैंने हाँ में सिर हिलाया। काका मुझे मक्के के खेत में भयंकर गर्मी वाली दोपहर में बीचों बीच बैठ जाने को कहा। हम दोनों पसीने से लगभग पूरी तरह भीग गए थे। पर काका पर गर्मी का कोई खाश असर नहीं था। मेरी हालत गर्मी से ऐसे हो रही थी जैक्सन मानों चने को भूँगड़ा बनने किसी ने गर्म राख के हवाले कर दिया हो।

काका ने मुझे आंखे बंद कर पैरों को एक दूसरे पर रख कर आल्तीपालती मार कर बैठने के लिए बोला और अब शुरू हुआ काका का प्रश्न- "बताओ एक पेड़ पर सौ शाखाएं हैं। हर शाखा पर सौ घोंसले हैं। हर घोंसले में दो सौ पचास ग्राम अनाज है।

आगे ध्यान से सुनों बच्चे- हर घोंसले में चार पक्षी रहते हैं। उनमें से दो ने उस दिन बीस-बीस दाने खा लिए। और दो ने दस दस दाने ही खाए। फिर उस रात तेज हवाएं चली और कुछ दाने नीचे गिर गए। नीचे गिरे दानों की संख्या उतनी ही थी जीतने पक्षी उन्हें वापस चुनने नीचे गए थे। नीचे गिरे दानों में से सात प्रतिशत खो गए थे जो संख्या में 121 थे। बताओ अब उस पेड़ पर कितने ग्राम दाने हैं जबकि 1 दाना आधे ग्राम का है। हाँ लियो जीतना इस प्रश्न का उत्तर है उतने ही मक्का के पौधे मैंने इस खेत में लगाएं है। आप इन पौधों को गिनकर भी अपना उत्तर बता सकते हो। वह भी नहीं कर सकते तो जिस क्यारी में तुम बैठे हो उसमें पौधों पर जीतने भुट्टे लगे हैं, उन भुट्टों में जीतने दाने हैं वह भी तुम्हारे प्रश्न का हल है। अब भी नहीं समझो तो जो नजदीकी पौधा तुम्हारे पास है उसके भुट्टे से जीतने रोयें निकल रहें हैं वह भी तुम्हारा उत्तर है।

मैं कुटिया जा रहा हूँ, उत्तर मिल जाए तो समय पर आ जाना। उत्तर नहीं मिले तब भी समय पर घर आ जाना पर इस स्थिति में कल फिर दोहराव करना पड़ेगा।

लियो ये तो गजब है यार। ये तो मानवाधिकारों का उल्लंघन है भाई। उसने तुम्हें इतनी गर्मी में बैठाया। वो भी गुना जोड़ भाग करने और बिना

कैलक्यूलेटर और पेन के। जबकि तुम तो शांत चित्त वाली बात समझने गए थे।

हाँ जैक्सन। वहाँ उस ज्ञान को प्राप्त करने योग्य व्यक्ति को ही ज्ञान दिया जाता है। यह अपनी यूनिवर्सिटी में प्रवेश के लिए आयोजित्त की जाने वाली प्रवेश परीक्षा जैसा ही है।

मैं शाम तक भीषण गर्मी में गुणा भाग करता रहा। कभी सोचता मक्का के पौधे ही गिन लेता हूँ, तो कभी भुट्टों के दाने, या फिर एक भुट्टे के सब रोंएं। परंतु जब सब से थक गया तो निरास हो मैं कुटिया आने लगा। मेरे चेहरे पर उदासी देख काका मंद मंद मुस्कुरा रहे थे जिसे देख कर मेरा चेहरा और पीला पड़ गया था।

जब हम तीनों रात का खाना खाने के बाद बातचीत कर रहे थे तो काका ने ज्ञान की देवी की तरफ देखते हुए कहा कि लियो ने ग्यारह सौ मक्का के पौधों वाले खेत का काम आज पूरा नहीं किया इसलिए कल फिर जाना पड़ेगा।

जैक्सन काका के 'ग्यारह सौ मक्का के पौधों' शब्द सुनते ही मैं मुस्कुरा उठा पर शर्मिंदगी से अपनी नजरें झुका ली। मुझसे प्रश्न पूंछने से पहले भी काका ने 'ग्यारह सौ मक्का के पौधों वाले से जुड़ा प्रश्न' शब्द बोले थे। यहीं तो प्रश्न का उत्तर था जब काका ने पूँछा था कि 'जीतना इस प्रश्न का उत्तर है उतने ही मक्का के पौधे मैंने इस खेत में लगाएं है। आप इन पौधों को गिनकर भी अपना उत्तर बता सकते हो।

मेरी मुस्कुराहट और शर्मिंदगी देखकर ज्ञान की देवी समझ गई थी की मैं बात को समझ चुका हूँ।

प्रेम की देवी ने मुझे कहा की लियो जीवन में बड़ी समस्याएं आती हैं तो हम इसी तरह घबरा जाते हैं और अपने आत्मविश्वास और आत्मबल को खो बैठते हैं। यदि ऐसे समय में हम धैर्य और शांत चित्त से काम लें तो अवश्य ही छोटी से लेकर बड़ी समस्या का समाधान वहीं छुपा होता है। 'यत्र अपाय तत्र उपाय अपि अस्ति' अर्थात जहां पर समस्या है वहां पर समाधान भी है।

इस तरह जैक्सन उस दिन ज्ञान की देवी ने समझाया की शांत चित्त अनेकों समस्याओं को पल भर में सुलझाने की शक्ति रखता है।

शांत चित्त के माध्यम से ही हम सपनों का प्रमाणीकरण कर सकते हैं। सपनों के प्रमाणीकरण की यह प्रक्रिया उस समय भी आपका साथ देगी जब तुम किसी समस्या से घिर जाते हो और तुम्हे कोई उपाय नहीं सूझ रहा हो। तब शांत चित्त से समस्या का समाधान खोजने हेतु तुम इस प्रक्रिया को अपना सकते हो और जब चित शांति अर्थात समाधि की अवस्था में हो तो तुम किसी भी छोटी बड़ी समस्या का समाधान अपने शांत चित से देख सकते हो।

हमारा चित्त उस अवस्था में पहुँच जाए जहां पर केवल निष्काम भाव से अनुप्रेरित होकर हम जब कोई सपना देखते हैं तो वह हमारा वास्तविक सपना होता है। अर्थात सपने का सार्वभौमीकरण हो जाना ही उसे वास्तविक सपने की श्रेणी में लाता है। यह ही सपनों का प्रमाणीकरण है।

जैक्सन इसे साधारण शब्दों में कहें तो मान लो की जो सपना आप देख रहे हो उसके पूरा होने पर जितने अधिक लोगों का भला होगा वह सपना उतना ही बड़ा होगा। छोटे दिखने वाले सपने भी अगर बड़े उद्देश्य और पर हित से जुड़े हैं तो वह सपने महान सपनों की श्रेणी में आते हैं।

ज्ञान की देवी ने बताया की मेरा अधिक धनवान बनने वाला सपना मेरा सपना इसलिए नहीं था क्यों कि वह सपना मैंने अन्य धनवान लोगों की तरह का जीवन जीने की चाह में देखा था। दूसरों को देख कर परिस्थितयों की शर्तों से बंधी इच्छा सपने नहीं कहलाते। इसमें मेरे स्वार्थ के अलावा निष्काम भाव से पर हित लेशमात्र भी नहीं था। स्व की सिद्धि के लिए देखे गए सपने, सपने नहीं हमारी इच्छाएं और लालसाएं होतीं है।

ज्ञान की देवी ने मेरे सपने के अधूरा होने का कारण बताते हुए कहा की आपका सपना जो वस्तुत अप्रमाणित था और इच्छा मात्र थी, से अगर तुम यह जोड़ देते की मैं धनवान इसलिए बनाना चाहता हूँ तांकि बहुत सा धन इकट्ठा कर उसका वापस समुचित वितरण कर सकूं तब उस स्थिति में पर हिताय की भावना उसे सपनों की श्रेणी मैं ले आती और यहीं होता उस सपने का सार्वभौमीकरण होना।

15

जैक्सन ज्ञान की देवी ने मुझे खुशनुमा जीवन की राह में हमारी दुनिया की एक कहानी सुनाई और बताया की इस भौतिकवादी दुनिया में लोग कैसे अपना जीवन सांसारिक चीजों में व्यर्थ कर देते है।

उन्होंने बताया की इस भौतिक दुनिया में हम सब सुबह उठते हैं। कुछ लोग प्रकृति का धन्यवाद ज्ञापित कर अपने रोजमर्रा के कार्यों की शुरुआत करते हैं, कुछ मनमौजी तरीके से जैसा अच्छा लगा उसी प्रकार से दिन की शुरुआत करते हैं। फिर चाय नाश्ता लिया, दोपहर का भोजन गठरीं में बांधा और अपनी कार मोटरसाइकिल या सार्वजनिक साधन जो भी उपलब्ध हुआ से चल दिए ऑफिस या कार्य स्थल की और...। वहाँ पहुँच कर काम में लग गए। दोपहर के भोजन का समय हुआ, गठरी निकाली और खाना खाकर फिर काम में लग गये। शाम हुई, जिस साधन से गए थे उसी से वापस घर आ गए। फिर वहीं रात का खाना खाया और नींद के आगोस में चले गए। सोमवार...मंगलवार...बुधवार...गुरुवार...शुक्रवार और कुछ चीजों में बदलाव के साथ शनिवार और रविवार भी आ गया। इसी तरह जनवरी से लेकर दिसंबर तक हमारा समय निकलता जाता है। उम्र बीस साल...तीस साल...चालीस साल...पचास साल...साठ साल और फिर सेवानिवृत्ति।

'आपको जन्मदिन की ढेरों शुभकामनाएं...आपने जीवन का एक साल और पूर्ण किया' हर वर्ष जन्मदिन के अवसर पर हम यह सुनते रहते हैं। इस तरह हम जीवन में आगे बढ़ते रहते हैं। और सेवानिवृत्त होकर पीछे की तरफ देखते हैं। अरे! पूरा जीवन मैंने ऐसे ही निकाल

दिया। पीछे का जीवन वापस नहीं आ सकता और आगे बहुत कुछ बचा नहीं है। कहाँ भाग रहा था मैं। पर अब क्या करूँ? ओह, मैंने अपना पूरा जीवन ऐसे ही खो दिया।

तब समझ में आता है कि इसी गुजरे हुए जीवन के रास्तों में ही तो वास्तविक जीवन था। आनंद था, मस्ती थी। क्यों मैंने रास्तों का आनंद नहीं लिया।

ओह! इस संपत्ति का अब मैं क्या करूँ? मुझे तो अब कुछ खाना पीना ठीक से हजम भी नहीं होता है। खाने का स्वाद भी अब वैसा नहीं रहा। नहीं...नहीं, यह पैसे मुझे अब खाने का स्वाद नहीं दे सकते।

ऐसा करता हूँ एक महंगी सी गाड़ी खरीद लेता हूँ। हाँ यह ठीक रहेगा। हाँ चलो गाड़ी खरीद लेते हैं पर तभी ध्यान आता है की लो भाई आँखें तो अब धुंधला गई हैं। कहीं दुर्घटना कर बैठूँ और जो जीवन बचा है उससे भी हाथ न धो बैठूँ। गाड़ी नहीं खरीदनी मुझे।

ओह! यह क्या? मुझे एक नया विचार सूझा है। चलो एक जीवन साथी की तलाश करता हूँ। जीवन के मुख्य दौर में मैंने विषमलिंगी मित्रता का आनंद नहीं उठाया। काश इतने पैसे मेरे पास उस समय होते। पर कोई नहीं, अभी भी तो देर नहीं हुई है। हाँ...हाँ, यह उत्तम विचार है। चलो चलते हैं, किसी विषमलिंगी दोस्त की तलाश में। पर यह क्या, जहां भी गया लोगों ने कहा की देखो बुड्ढे में जवानी चढ़ी है। ओह, लोग सही कह रहे थे, मेरे में अब वह सामर्थ्य कहाँ की कामाग्नि को संभाल सकूँ। नहीं..नहीं, कुछ और सोचता हूँ।

सोचते...सोचते उम्र हो चली सत्तर बरस की और अब ऐसा करता हूँ...मृत्यु के उपरांत होने वाले क्रियाक्रम कराने वाली किसी कंपनी से क्रियाक्रम का संस्कारी पैकेज बुक कर लेता हूँ ताकि शांति से मर सकूँ। यह चिंता तो दूर हो जाएगी की मरने के बाद मेरी मृत देह को कुत्ते तो नोच नहीं खाएंगे। हाँ...हाँ, यह उत्तम विचार है।

वाह...आज मैंने कितना बढ़िया और सबसे महंगा पैकेज लिया है। मेरा जनाजा सबसे अच्छी तरीके से निकाला जाएगा और मेरी कब्र थोड़ी चौड़ी होगी और उतम श्रेणी के फूलों से मेरी कब्र सजाई जाएगी। और सजाई क्यों नहीं जाएगी भाई? मेरी जीवन भर की कमाई के आधे हिस्से

का पड़ा है यह संस्कारी पैकेज। हाँ अब मैं शांति से मर सकता हूँ। हाँ यहीं होती है मेरे जैसे बेवकूफ लोगों का जीवन। आज सोचता हूँ की मुझे हर दिन को, हर पल को, उन्हीं परिस्थितियों में हंस कर जीना सीख लिया होता। हंसने और खुश रहने के कौनसे पैसे लग रहे थे। लोगों से मिलजुलकर रहता, सहकर्मियों से ठीक से बात करता, परिवार को ठीक से संभालता। अडौस-पड़ोस, रिश्ते नाते ठीक से संभालता, सबके साथ मिलजुलकर जीवन में रस घोल सकता था, पर अब क्या?

हाय, मुझे दया आती है अपने आप पर कि मैं जीवन के रास्तों को खुशनुमा नहीं बना पाया। जबकि वास्तविक जीवन हर पल में होता है। जीवन के रास्तों के हर कदम पर जीवन बसता है। मैं कहाँ भाग रहा था। किस चाह की और भाग रहा था। क्या मृत्यु के बाद के क्रियाकर्म का पैकेज खरीदना मेरे जीवन का लक्ष्य था।

आज समझ में मैं आ रहा है कि जिन रास्तों को मैंने किसी लक्ष्य तक पहुँचने का माध्यम बनाया था, वे ही रास्ते जीवन थे। रास्ते खत्म जीवन खत्म।

इसलिए जैक्सन ज्ञान की देवी की इस कहानी से हमें समझना चाहिए की वस्तुतः रास्ते ही वास्तविक जीवन हैं। इस अंधी दौड़ में भागने का कोई फायदा नहीं। हमें जीवन में रस घोलना आना चाहिए। जीवन के पल भी नदी के पानी की तरह होते हैं। एक बार गुजर गए तो फिर लौट कर वापस नहीं आते हैं। जो नदी का पानी तुम देख रहे हो वह तुम्हारी आँखों के सामने ही आगे बढ़ जाता है और क्षण भर बाद जो पानी तुम रहे होते हो, वह दूसरा, तीसरा और क्रमशः चौथा, पाँचवा बनता जाता है। इसी तरह जीवन का हर पल, हर दिन नवीन होता है। हमें उस हर पल और हर दिन को ही खुशनुमा बनाना है।

हाँ लिओ! तुम सही कह रहे हो, हमें जीवन के हर पल का आनंद उठाना आना चाहिए।

16

जैक्सन ज्ञान की देवी ने बताया था की धन दौलत भी तब ही आनंद प्रदान करते हैं जब हम घर परिवार में मिलजुल कर सम्मति बना कर रहे। ज्ञान की देवी मुझे कहानी सुन रही थी...किसी गाँव में एक सत्पुरुष व्यक्ति रहता था। एक दिन देवी लक्ष्मी उसके सपने में आई और बोली की मुझे आपके घर में रहते हुए काफी दिन हो गए हैं और चूंकि मेरा स्वभाव चंचल है। मैं किसी एक स्थान पर बहुत दिन तक निवास नहीं करती हूँ। मुझे अब कहीं और जाना होगा। उस सत्पुरुष ने लक्ष्मी से पहले तो रुकने के लिए काफी निवेदन किया और पर फिर समझदारी दिखते हुए बोला कि ठीक है आप चले जाइएगा परंतु पहले मुझे मेरी पुत्रवधू से पूंछ लेने दीजिए। अगले दिन वह सत्पुरुष अपनी पुत्रवधू के पास गया और और पास में खड़े दस बारह साल के एक लड़के के माध्यम से अपनी पुत्रवधू से बोला कि मेरे सपने में लक्ष्मी जी आई थी और वह हमारे घर से जाने के लिए बोल रहीं हैं।

पुत्रवधू गुस्से मैं तरेरा मारते हुए बोली कि पता नहीं इस बुढ़ापे की उम्र में भी आपके सपनों में औरतें क्यों आती है। कौन है यह लक्ष्मी और अगर जाती है तो जाने दीजिए। इसमें कौन बड़ी बात है। किसी जाते हुए को आप रोक लेंगे क्या?

बुड्ढे सत्पुरुष की सिट्टी पिटटि गुम, बेचारा सहमा सा वापस आ गया। इस रात फिर लक्ष्मी उसके सपने मैं आई और बोली की पूंछ लिए हो अपनी पुत्रवधू से। सत्पुरुष ने जैसा उसकी पुत्रवधू ने कहा था वैसा का वैसा लक्ष्मी जी को सुना दिया। पुत्रवधू की बातों से लक्ष्मी जी नाराज

हो गई और जाने को उतारू हो गई। सत्पुरुष ने फिर से निवेदन किया कि एक आखिरी बार मुझे मेरी पौत्रवधू से भी पूंछ लेने दीजिए हालांकि उसकी उम्र अभी इतनी समझदारी की नहीं है, परंतु मेरा मन है कि एक बार मैं उससे भी बात कर लूँ।

लक्ष्मी ने उस सत्पुरुष को हाँ कर दिया।

अगले दिन वह सत्पुरुष अपनी पौत्रवधू के पास पहुंचा और उसकी गोद में ले लिए दो वर्षीय बच्चे को इशारा करके बोला कि अपनी मम्मी से कहो की मेरे सपने में रात में लक्ष्मी जी आई थी और वह अब हमारे घर से जाने के लिए बोल रही हैं।

पौत्रवधू ने अपने बच्चे को बोला कि अपने दादा जी कहो की लक्ष्मी का स्वभाव चंचल होता है और वह जाना चाहती हैं तो जाने दीजिए पर उनसे कहिए की लक्ष्मी जी तो चली जाएँ परंतु उनकी सम्मति हमारे पास ही छोड़ जाएँ।

इस रात सत्पुरुष के सपने में जब लक्ष्मी जी आईं तो सत्पुरुष ने पौत्रवधू की बात लक्ष्मी जी को ज्यों का त्यों सुना दी। लक्ष्मी जी पूरी बात सुन कर जोर-जोर से हंसने लगी और जैसा उस सत्पुरुष की पौत्रवधू ने कहा था अपनी सम्मति छोड़कर उस सत्पुरुष के घर से तुरंत विदा हो गई।

इस बात को घटित हुए दस बारह बरस बीत गए होंगे। सत्पुरुष के घर में धन धान्य की कमी बेशी तो रही परंतु खुशियां हमेशा बनी रही।

एक दिन लक्ष्मी जी पुनः उस सत्पुरुष के सपने में आई और कहने लगी की आपके घर से जाने के बाद मैं न जाने कितने ही घरों में रही हूँ। जहां भी गई हूँ उन घरों को मैंने संपत्ति से परिपूर्ण कर दिया परंतु किसी भी घर में मैंने शांतिपूर्ण जीवन नहीं देखा। और इस बात से मैं बहुत दु:खी हूँ की मेरे रहते हुए भी उन घरों में शांति नहीं रही। आप कल अपनी पौत्रवधू से पूंछिए की उसने मुझसे क्या मांग लिया था जिसके बिना मेरी कद्र ही नहीं होती है। मैं वादा करती हूँ कि मैं आपके घर में अधिक दिनों तक निवास करूंगी।

अगले दिन वह सत्पुरुष अपनी पौत्रवधू के पास गया और बोला की आज रात लक्ष्मी मेरे सपने में फिर से आई थी और उसने लक्ष्मी की बात

अपनी पौत्रवधू को बताई।

पौत्रवधू ने कहा की सम्मति के बिना संपत्ति किसी काम की नहीं होती है। शायद इसीलिए लक्ष्मी जी की कहीं कद्र नहीं हुई होगी।

सत्पुरुष अपनी पौत्रवधू की बात का मर्म समझ गया था और उसने लक्ष्मी जी को अगले दिन बताया की सम्मति अर्थात खुशियां, प्रेम और आपसी सामंजस्य जहां नहीं हैं वहाँ भले ही कितनी भी संपत्ति हो परंतु सब बेमानी लगता है। इस बात पर लक्ष्मी जी मुस्कुरा कर खुशी खुशी सत्पुरुष के घर में रहने लगी।

इस तरह जैक्सन हम सबको आपस में मिलजुल कर रहना चाहिए। यहीं है सम्मति का फल।

17

मुझे लियो से ज्ञान की देवी की बातें सुनते हुए लगभग छः महीने से भी ज्यादा हो गया था। परंतु लिओ अब फिर से मन ही मन खोया-खोया सा रहने लगा था। कभी अकेला बैठा-बैठा किसी सोच में डूबा रहता। मैं कुछ बोलता तो सुनता ही नहीं था मानों किसी गहरी कशमकश में डूबा हो।

एक दिन उसने मुझे सुबह अलभोर में जगाया और टेम्स नदी के शांत तट पर ले गया। वह काफी देर तक नदी की कलकल ध्वनि को सुनता रहा और बड़े ही गौर से पानी की धारा को इस तरह देख रहा था मानों उससे कुछ पूंछना चाह रहा हो।

''जैक्सन किसी की बहुत याद कब आती है?'' लिओ ने मुझसे नजरें न मिलाते हुए पूँछा।

लिओ के प्रश्न से में एकदम सकपका सा गया था। ओह लिओ! यह कैसा प्रश्न है?

अपने जब दूर होते हैं तो अपनों की याद तो आती ही है।

अपने से क्या मतलब है तुम्हारा जैक्सन?

'अरे यार, तुम जब मुझे बिना बताए चले गए थे तो मुझे तुम्हारी बहुत याद आती थी। और यह क्या, ज्ञान की देवी से ज्ञान की बातें तुमने सीखी हैं और पूंछ मुझे रहे हो' मैंने हँसते हुए कहा।

'अपने का मतलब हर सुख दुःख में जो आपके साथ खड़ा रहे और तुम्हारा मन जिसे अपना कहता हो' मैंने अपनी बात जारी रखते हुए फिर से कहा।

तुमने सही कहा लिओ, जिसे मन अपना कहे, वहीं अपना होता है।

लिओ मुझे ज्ञान की देवी की यादें बहुत परेशान करती है। मन करता है पंख लगाकर उड़ जाऊं उस और। मेरा मन कहता है शायद उसे भी मेरी यादें परेशान करती होंगी। लिओ यह जरूर प्रेम की देवी का बुलावा है। यादों का बुलावा।

जैक्सन मुझे वापस जाना होगा। मुझे जाना ही होगा।

ठीक है लिओ, अगर तुम जाना चाहते हो तो अवश्य जाओ दोस्त। और हाँ, अगर ऐसा है तो तुम्हें जाना ही होगा।

वापस जाने का तय होते ही लिओ प्रसन्न रहने लगा था। और एक दिन वह चला गया, पहले की ही तरह...बिना मुझे बताए। बादलों की तरह उसने भी अपनी राह पकड़ ली थी।

इस बार उसके जाने से मैं बिल्कुल भी दु:खी नहीं था। पता नहीं नियति का क्या इशारा था, मैं क्यों बहुत खुश था कि लिओ चला गया। शायद उसकी यादों में उसके प्रेम ने उसे बुला लिया था। शायद वह एक ऐसा प्रेमी था जो समय रहते अपने प्रेम को समझ नहीं पाया था। और जब यादों ने उसे अहसास करवाया तो वह चला गया अपने प्रेम की और। पहले ज्ञान की खोज में निकला लिओ आज शायद प्रेम की चाह में निकाल पड़ा था। शायद उसे अब समझ आया होगा की ज्ञान की देवी प्रेम की देवी क्यों थी। आज वह जान गया होगा कि बिना प्रेम के ज्ञान रुक्ष होता है। बिना प्रेम के ज्ञान का सरोवर शुष्क होता है।

18

लिओ को गए पूरे दो साल हो गए थे। अजीब है लिओ भी, मुझे तो कहता था जैक्सन अगर अब कभी मैं तुमसे दूर हुआ तो तुम्हें खत जरूर लिखा करूंगा। पर लिओ तो लिओ है। अपनी जिंदगी को अपनी शर्तों पर जीने वाला लिओ।

पर अब जाने क्यों लिओ की याद मुझे भी सताने लगी थी। मुझे विश्वास था कि लिओ अपना ख्याल ठीक से रख सकता है पर जाने क्यों एक बैचेनी मुझे खाए जा रही थी। मुझे उसकी फिक्र हो रही थी। लिओ वहाँ ठीक तो होगा ना? फिर उसने खत क्यों नहीं लिखा। क्या वह मुझे याद नहीं करता होगा। नहीं...नहीं, उसे मेरी बहुत याद आती होगी। लिओ मुझे भूल कैसे सकता है। हम दोनों के जीवन में एकदूसारे के अलावा है ही कौन। लिओ तो उठते-बैठते भी मुझे याद करता होगा। पर क्यों मुझे आज लिओ की डर से भरी हुई यादें आ रही हैं।

मेरे मन में किसी अनहोनी की तरह के उलटे पुलटे सवाल और जवाब आ रहे थे। क्या मैं सहीं में कुछ अनहोनी घटना का अंदेशा लगा रहा हूँ। नहीं...नहीं, लिओ के साथ कोई अनहोनी घटना नहीं हो सकती। लिओ तो प्रकृति का साथी था। फिर क्यों मैं ऐसे ही उलूल जुलूल की बातें सोच रहा हूँ। मैंने अपने आपको समझाने की पूरी कोशिश की परंतु जाने क्यों मन समझने को तैयार नहीं हो रहा था। जरूर कुछ तो प्रकृति के संदेश का आगाज है। इतना शंकित मन तो मेरा तब भी नहीं हुआ था जब लिओ मुझे पहले बिना बताए गायब हो गया था। तब तो लिओ पाँच साल बाद आया था परंतु उन पाँच सालों में भी मेरे मन में किसी अनहोनी घटना के

विषय में मन को झकझोर देने वाले विचार नहीं आए थे, जबकि इस बार तो लिओ को भले ही मुझे बिना बताए गया हो, दो साल का समय ही तो हुआ है परंतु मन ज्यादा परेशान है। इस बार तो उसने मुझे ज्ञान की देवी की यादों के बारे में बताकर सूचित भी कर ही दिया था कि वह जाएगा।

नहीं, कुछ गलत हो रहा है। मैं अशांत हो उठ खड़ा हुआ और लिओ के पास जाने के लिए मन में निश्चय कर लिया।

लिओ मैं आ रहा हूँ दोस्त। जैसे ही लिओ के पास जाने का विचार मेरे मन में कौंधा, मन प्रसन्नचित्त हो गया। वाह, कितने दिन बाद मैं लिओ से मिलूँगा। मुझे देखते ही लिओ के आश्चर्य का कोई ठिकाना नहीं रहेगा। दौड़कर वह मुझे गले लगा लेगा। ओह, आज मैं कितना खुश हूँ। मेरे रोम खड़े हो रहे हैं। ओह लिओ! मेरी जान, मेरा साथी, मेरा भाई, मेरा सब कुछ...मैं आ रहा हूँ। बस दो दिन में मैं तेरे पास हूँगा।

हवाओं, बादलों अपनी तेज रफ्तार से जाओ और मेरे लिओ को सूचित कर दो कि उसका दोस्त जैक्सन उससे मिलने के लिए निकल पड़ा है। नहीं...नहीं, तुम पहले सूचित मत करना, मुझे लिओ को सरप्राइज देना है। बिल्कुल नहीं, चालों साथ चलते हैं। साथ-साथ रास्ता भी जल्दी कट जाएगा और लिओ हमें अचानक आया देखकर हतप्रभ हो जाएगा। आओ चलें, चलो चलें मेरे प्यारे साथियों...।

19

मैंने अपना सामान पैक किया और निकल पड़ा लिओ से मिलने। बहुत सुखद लग रहा था। लिओ से मैं अपने वतन में पहली बार मिलूँगा। वतन जाने की खुशी तो थी ही पर लिओ मेरे देश में है, उसके साथ पूरा देश भ्रमण करूंगा। यह विचार ही खुशी दे रहा था।

प्रेम कि देवी के साथ उसको ताजमहल देखने आगरा ले जाऊंगा। दिल्ली का लाल किला। पूरा काशी शहर घूमूँगा। ओह! उसे बताऊँगा की कैसे काशी भारत की सांस्कृतिक राजधानी रहा है। ज्ञान के केंद्र वाले शहर में लिओ को लोगों से बात करना बहुत अच्छा लगेगा। चारों धाम की यात्रा तो पक्की समझो लिओ। देखना तुझे पूरा भारत भ्रमण करवा दूंगा।

इस तरह मन में अनेकों विचार लिए मैं दिल्ली एयरपोर्ट पर पहुँच चुका था। वाह! वतन की जमीन पर कदम रखना और वतन की हवा में सांस लेना कितना अद्‌भुत और गौरवान्वित करता है।

आगे के रास्ते के लिए मैंने टैक्सी पकड़ी और लिओ के बताए अनुसार अरावली की पहाड़ियों को चीरता हुआ मैं लिओ को सप्राइज़ देने की मस्ती में आगे बढ़ता जा रहा था। दस घंटे के सफर के बाद मैं उस दरवाजे के बाहर पहुँच गया था जिसके बारे में लिओ ने मुझे बताया था।

टैक्सी वाले को मैंने किराया दिया और धन्यवाद ज्ञापित करते हुए वापस भेज दिया।

अपने सामान का बैग कंधे पर लटकाया और इस शंका में इधर उधर देखते हुए दरवाजे के अंदर आगे बढ़ता जा रहा था जैसे लिओ ने कहा था

कि बाहरी आदमी को अंदर जाने के लिए कुछ परीक्षा पास करनी होती है। मुझे किसी तरह की परीक्षा से डर लग रहा था पर लिओ की ज्ञान की बातों से आशान्वित था की मैं प्रवेश द्वार की परीक्षा पास कर लूँगा।

पर जब आगे बढा तो देखा की वहाँ ऐसा कुछ भी नहीं था। मुझे न ही वहाँ कोई योगी पुरुष मिला और न ही किसी प्रकार की कोई रोक टोक थी। एकदम सन्नाटा छाया हुआ था। लिओ द्वारा सुनाई गई कहानी के आधार पर मैं रास्तों की पहचान करता हुआ पगडंडियों पर आगे बढ़ता जा रहा था। कुछ दूरी पर मुझे कच्चे घर नजर आ रहे थे। मैं थोड़ा आगे बढ़ा तो देखा कि एक कुटियानुमा झोंपड़ी के बाहर लोगों की बहुत अधिक भीड़ जमा थी। एकदम सन्नाटा था। मुझे कुछ समझ नहीं आ रहा था। मैं आशंकित सा हुआ। भीड़ में से मैं आगे बढ़ने लगा। वहाँ खड़े लोग मुझे आश्चर्यभरी नजरों से देख रहे थे। मैं आगे बढ़ा और जैसे ही देखा...मेरे हाथ पाँव फूल गए। मेरा लिओ...मरणासन्न हालत मैं नीचे लेटा हुआ है। सारे लोग आंखों में आँसू लिए लिओ को मानों अंतिम विदाई दे रहे थे...कोई कहता मैं आपके नाम से एकादशी के व्रत रखूँगा। किसी ने गायें दान कर दी। कोई कह रहा था... भगवान अच्छे इंसानों को जल्दी बुला लेता है। कुछ महिलायें उसके जिंदा रहते हुए ही उसकी आत्मा की शांति के लिए प्राथनाएं कर रहीं थी। मेरा दिमाग सुन्न था। मेरा शरीर थर-थर कांप रहा था। मैंने हिम्मत जुटाई और लिओ के पास जाकर उसके हाथ को अपने हाथ में लेकर बोला.. लिओ..लिओ..मेरे भाई...लिओ सुन ना यार..आँख खोल.. लिओ तुम्हारा जैक्सन आ गया है। लिओ देख मेरी तरफ, बात कर मुझसे..कहते कहते मेरा गला रुँध गया था।

लिओ की साँसे थी पर बेसुध मेरी कुछ ना सुनता था। यह था मेरा सप्राइज़। जिस उमंग से आया था, वो तो दूर, नियति ने यह क्या किया। निर्दयी भगवान। मैंने अपनी नजरें दोड़ाई और महिलाओं में प्रेम की देवी को पहचानने की कोशिश करने लगा। लिओ जैसे मुझसे पहले बोला था उसके अनुरूप तो ज्ञान की देवी की गोद में लिओ का सिर होना चाहिए था पर लिओ एक वृद्ध व्यक्ति की गोद में था। मैं समझ गया था कि यह काका ही है। काका की आँखों से ना आँसू आ रहे थे, ना ही वह कुछ बोल रहे थे।

मैंने बोला 'काका लिओ को बोलो ना अपने दोस्त से बात करे। बोलो न काका की उसका जैक्सन आया है। पर काका चुप। ना पलकें झुकाए, ना कुछ बोलें। एकदम बुत से हो गए। बस उनका एक हाथ लिओ के कभी शिर को सहलाता, कभी उसके बालों में कंगी जैसे बन कर जाता। कभी उसके होटों पर अंगुलियों से प्यार जताते, पर काका रोते नहीं। वहीं बुत के बुत बने बैठे थे। मैंने जो भी बोल काका ने जैसे कुछ सुना ही नहीं। मुझसे नहीं रहा गया और मैं जोर-जोर से रोने लगा...लिओ एक बार बात कर न यार। लिओ मेरे भाई, क्या हुआ तुझे? बात कर ना यार, अपनी यूनिवर्सिटी की बात कर, कुछ तो बोल, दोस्त। ओह लिओ बोल ना, लिओ तु ठीक हो जाएगा, अब मैं आ गया हूँ ना। लिओ आँखें खोल। मुझे अपनी ज्ञान की देवी से मिला ना यार। मैं भी तो देखूँ मेरे लिओ की पसंद कैसी है? चल उठ जा यार, देख मैं आ गया लिओ। चल खड़ा हो और मुझे भी तेरी ये अद्‌भुत दुनिया के पहाड़, नदियां, और वो हर चीज दिखा जिनके बारे में तूने मुझे बताया था। अब आंखे खोल यार।

इस बार तु बिन बताए नहीं जा सकता...लिओ। प्लीज प्लीज लिओ। एक बार बात कर।

ठीक है तु यूनिवर्सिटी की उस बात पर गुस्सा है न। हाँ, मैंने ही तेरा वह पैन मैंने चुराया था...तेरी टाई भी मैंने ही चुराई थी जिसके लिए तूने हॉस्टल में हंगामा मचाया था। अब तो बोल, मेरे पास है वो टाई, मैं लेकर आया हूँ। उठ और ले ले अपनी टाई। माफ कर दे मुझे। लिओ मैंने वो चुराई नहीं थी...वह तुझे अच्छी नहीं लगती थी यार और तु हमेशा उसको ही पहनता था। मैंने कितनी बार बोल भी था कि यह टाई तुझे अच्छी नहीं लगती। पर तूने मेरी बात मानी ही नहीं और मैंने उसको चुरा ली थी। लेकिन संभाल कर रखी है, देख अभी बैग से निकालता हूँ। ले पहन कर दिखा देखें काका को भी पसंद आती है कि नहीं। मेरा मन कहता है काका को अच्छी लगेगी। लिओ उठ ना यार। लिओ मेरे भाई, लिओ मेरे दोस्त, उठ, देख काका कितनी फिक्र कर रहे हैं।

काका आप बोलो ना लिओ को। काका लिओ का हाथ पकड़ो और बोलो उसे की उसका भाई जैक्सन रो रहा है। लिओ मुझे रोते हुए देख ही नहीं सकता। वह मेरे रोने की बात से उठा जाएगा। काका आप बोलो ना।

काका भी मानों मेरी बातें सुन ही नहीं रहे हो। मुझे उन पर गुस्सा आ रहा था। वो लिओ को जगा क्यों नहीं रहे हैं। क्यों चुपचाप गुमसुम हो रखे हैं। मैं काका की तरफ गुस्से से देख रहा था।

मैंने देखा...अचानक से काका की आँखों में चकम सी आई।

ओह! यह क्या? लिओ काका की आँखों में आंखे मिलाकर देख रहा था। ओह! लिओ। तुम उठ गए। लिओ की खुली आँखें देखकर मानों मेरा रोम रोम पुलकित हो गया हो। मेरा लिओ मेरी बातें सुन रहा था, लिओ मेरी जान।

काका को मूक भाषा में कुछ बोलकर लिओ, मेरी तरफ देखा, मुस्कुराया और वह चला गया। जो जो मैं समझ सकता था, लिओ फिर चल गया हमेशा के लिए। मुझे वह अनाथ कर गया। ऐसे भी कोई जाता है। हर बार बिना बताए जाने वाला लिओ इस बार मुस्कुरा कर मुझसे विदा लेकर चला गया। अब मैं किसका इंतजार किया करूंगा। आज मैंने अपना आसमान खो दिया। जमीन पर पैर रखना मानों पाप हो। कोई भी नहीं समझ सकता आज मेरे मन का दर्द। अपनों को खोना कितना असहनीय होता है।

बस याद आता है उसका मेरी तरफ देखकर मुस्कुरा देना। ओ लिओ! मेरे दोस्त, तू जिंदा रहेगा हमेशा, अपने जैक्सन की यादों में। मेरे प्यारे दोस्त। तेरा ऐसे चले जाना मुझे अंदर से तोड़ देगा पर तेरी ज्ञान की बातें मुझे सहारा देंगी, फिर से उठ खड़ा होने में मेरी सहायता करेंगी। तेरी ज्ञान की बातों में मैं तुझे जिंदा रखूँगा दोस्त और देखना तेरी बातों से इस दुनिया को एक नई राह मिलेगी। और उस राह में तू हमेशा जिंदा रहेगा।

लिओ...लिओनाइडस मिराना मरा नहीं करते। जो अपार धन संपदा कमाकर उसे परहित में त्यागने की हिम्मत रखते हैं ऐसे लिओनाइडस मरा नहीं करते। परहित की सोचने वाले लिओ हर युग और काल खंड में फिर से जन्म लेते रहेंगे। अलविदा लिओ।

20

लिओ का जाना मेरे लिओ असहनीय था। लिओ के जाने के बाद उसके मृत्यु के बाद होने वाले क्रियाक्रमों के उपरांत मैंने काका से जानना चाहा की वास्तव में लिओ के साथ क्या हुआ था।

काका ने बताया की लिओ के वापस जाने के बाद ज्ञान की देवी कुछ खोई-खोई सी रहने लगी थी। वह इस तरह रहती थी मानों परदेश गए प्रेमी के बहुत दिन तक वापस नहीं आने पर एक प्रेमिका विरह में छटपटाती है। उसकी काया इतनी कृश हो गई थी कि उसके हाथों से कंकण यों ही निकल जाया करते थे। हाथों की सभी अंगूठियों ने अपना स्थान छोड़ दिया था। एक पाव का शरीर हो गया था उसका।

उसने खाना पीना भी बहुत हद तक छोड़ दिया था। उसने ज्ञान के ग्रंथ लिखना भी छोड़ दिया था। कभी वह आसमान की तरफ घंटों ताकती रहती थी। उसे पता ही नहीं चलता था की कोई उससे बात कर रहा है। मैंने उसने बहुत समझाया पर मानों मेरी बातें उसके कानों तक जाती ही नहीं थी। मानों वागर्थ का संपर्क ही टूट गया था।

मैं समझ गया था कि उसे लिओ से प्रेम का भान लिओ को विदा करने के बाद हुआ था। उसकी हालत उस माता-पिता के तरह की थी जो अपने लाड़ली को खुशी-खुशी विदा कर उसके चले जाने के बाद उसकी यादों में रोते रहते हैं।

ओह! जैक्सन तुम्हें क्या बताऊँ बेटा, नियति का लिखा दुर्भाग्य जागा और एक दिन ऐसा भी आया जब उसकी हालत मरणासन्न हो गई। और संयोग की बात देखो की उस दिन लिओ लौटकर तो आया पर शायद

उसने आने मैं क्षण भर की देरी कर दी हो। हाय नियति की बुरी लेखनी का परिणाम। वह अपने प्रेम की मृत देह मात्र देख पाया।

लिओ ने प्रेम की देवी को इस दुनिया में नहीं पाकर उस दिन बहुत रोया-पीटा, छटपटाया। उसका रुदन याद करके भी मन में ठीस सी उठती है।

पर अब क्या था। कभी वह रोता और कभी वह जोर जोर से हँसता। उसने उसी दिन अपनी सुधबुध खो दी थी और वह अब न किसी से बोलता था और न ही उसे कुछ स्मरण था। वह पागलों की तरह इन आसपास के गाँव में इस तरह भटकता मानों उसे अब भी आशा हो की ज्ञान की देवी उसे मिलेंगी। और फिर जिस दिन तुम आए उस दिन तुम्हारी तरफ देखकर वह मुस्कुरा कर हमें अलविदा कह गया। पिछले दो सालों में जिस दिन वह यहाँ आया था उस दिन से मैंने उसके चेहरे पर पहली बार मुस्कुराहट देखी थी जब वह तुम्हारी तरफ देख रहा था। मुझे क्या पता था कि वह उसकी अलविदा की आखिरी मुस्कुराहट होगी।

पर तुम्हें धैर्य रखना होगा बेटा जैक्सन। अगर तुम इनके प्रेम को समझे हो तो तुम्हें हर वह बात जो लिओ ने तुम्हें बताई है उसे इस दुनिया के सामने लानी होगी और लोगों को जीवन जीने की कला सिखानी होगी।

मैं कुछ दिन काका के साथ वहाँ पर रहा और फिर एक दिन काका को अपने साथ चलाने के लिए बोला। परंतु काका ने कहा की बेटा तुम जाऊ और जो काम लिओ तुम्हें सौंप कर गया है उसे पूरा करो। मैं अब बूढ़ा हो गया हूँ। यहाँ की जमीन पर पैदा हुआ हूँ, इसी मिट्टी में मिल जाऊं तो ठीक है। बर्फ का अपने ही पानी में पिघल जाना ही ठीक है। काका की बातों के सार को मैं समझ चुका था और मैं निकल पड़ा था लिओ के वास्तविक सपनों को पूरा करने के लिए...।

www.ingramcontent.com/pod-product-compliance
Lightning Source LLC
LaVergne TN
LVHW060302051026
849517LV00003B/927
9798889865230